How the Earth Carries Us
New Lithuanian Poets

我行走在你身体的荒漠

立陶宛新生代诗选

ArnasAlišauskas

[立陶宛] 阿纳斯·艾利索思卡斯 等 / 著

叶丽贤 / 译

南方出版传媒
花城出版社
中国·广州

图书在版编目（CIP）数据

我行走在你身体的荒漠：立陶宛新生代诗选 /（立陶宛）阿纳斯·艾利索思卡斯等著；叶丽贤译. -- 广州：花城出版社，2019.9
（蓝色东欧 / 高兴主编. 第5辑）
ISBN 978-7-5360-8966-2

Ⅰ. ①我… Ⅱ. ①阿… ②叶… Ⅲ. ①诗集－立陶宛－现代 Ⅳ. ①I511.825

中国版本图书馆CIP数据核字(2019)第175453号

合同版权登记号：图字19-2018-068号
How the Earth Carries Us. New Lithuanian Poets
Copyright © Lithuanian Culture Institute, 2015

出 版 人：	肖延兵
丛书策划：	朱燕玲　孙虹
出版统筹：	李倩倩　夏显夫　欧阳佳子
责任编辑：	许泽红　欧阳佳子
技术编辑：	薛伟民　凌春梅
封面供图：	子夏
装帧设计：	棱角视觉 ANGULAR VISION

书　　名	我行走在你身体的荒漠——立陶宛新生代诗选
	WO XING ZOU ZAI NI SHEN TI DE HUANG MO LI TAO WAN XIN SHENG DAI SHI XUAN
出版发行	花城出版社
	（广州市环市东路水荫路11号）
经　　销	全国新华书店
印　　刷	恒美印务（广州）有限公司
	（广州南沙经济技术开发区环市大道南路334号）
开　　本	880毫米×1230毫米　32开
印　　张	14.75　2插页
字　　数	385,000字
版　　次	2019年9月第1版　2019年9月第1次印刷
定　　价	69.00元

本书中文专有出版权归花城出版社独家所有，非经本社同意不得连载、摘编或复制。
如发现印装质量问题，请直接与印刷厂联系调换。
购书热线：020 - 37604658　37602954
欢迎登陆花城出版社网站：http://www.fcph.com.cn

尼林加·阿布卢提特（1972— ）

梦 / 33
做够了，你自己，早就 / 34
因为爱 / 36
无题 / 37
盗窃 / 38

劳瑞纳斯·卡库斯（1972— ）

就这样我活着 / 43
詹妮姨妈 / 45
盗版 / 47
墨西哥之歌 / 50
迁移 / 52

维塔斯·德克兹尼斯（1972— ）

酗酒者 / 57
那么远，那么远 / 59
玻璃 / 61
遗忘的机械结构 / 63
在树桩上的那些礼拜 / 66

戴尼厄斯·金塔拉斯（1973— ）

传承 / 71
放血 / 73
穷尽的形式 / 75

目 录
CONTENTS

记忆，阅读，另一种目光（总序）/ 高兴 / 1
英译本前言 / 瑞马斯·乌兹吉瑞思 / 1
寻找意义的迷踪（中译本前言）/ 叶丽贤 / 1

阿纳斯·艾利索思卡斯（1970— ）

土豆雕成的立陶宛 / 3
传染病科 / 6
逃离诺亚方舟 / 9
妈妈，把球扔给我 / 11
两位圣徒：爱怀疑的托马斯 / 13

达利厄斯·西蒙尼斯（1970— ）

赤脚诗人踩踏哥伦比亚大学模型 / 17
搪瓷锅 / 21
七言碎片 / 23
被喷泉淋湿了 / 26
岸边的甜蜜情侣 / 28

我行走在你身体的荒漠

立陶宛新生代诗选

颠倒的天堂 / 80
斯德哥尔摩综合征 / 85

贝尼迪克塔斯·雅纽瑟维修斯（1973— ）

无题 / 93
关于女人的玫瑰 （之诗） / 95
关于基因 / 102
孩子从哪里来？ / 108

瑞姆维达斯·斯坦克维丘斯（1973— ）

瓦尔哈拉 / 115
承诺写得清楚一些 / 123
与指挥所的通讯 / 128
墨水 / 134
莫比乌斯圈 / 139

阿图拉斯·瓦利奥尼斯（1973— ）

吻：占卜的碎片 / 145
似曾经历的感觉 / 151
东欧 / 153
谷歌地 / 155
有一天也许最大的罪是不犯罪 / 157

金塔拉斯·布莱兹吉斯（1975— ）

无题 / 163

鲁基兹凯斯监狱牢房 326 / 165

无题 / 169

赫克托 / 170

约拿的忏悔书（四）/ 174

托马斯·S. 布特库斯（1975— ）

日冕洞 / 179

奥西里斯 / 181

索洛韦基的诗句 / 183

向日葵 / 185

野草莓 / 188

曼塔斯·吉姆佐思卡斯（1976—2007）

宇航员的碰撞 / 193

在动物园里 / 194

又懒又慢 / 197

引航 / 198

小心，波卡洪塔斯！ / 200

吉提斯·诺维拉斯（1976— ）

脊骨 / 209

快乐——在湖心—— / 211

我行走在你身体的荒漠 / 213

X 射线图 / 215

秋天的演习 / 217

明多加斯·瓦利乌卡斯（1976— ）

蒙娜丽莎 / 223
他喜欢 / 224
俳句 / 230
口琴 / 233

马利乌斯·布洛卡斯（1977— ）

自助洗衣房 / 237
雾 / 239
建造蚁丘的说明 / 241
无题 / 242
圣杜朱凯车站 / 246

瑞曼塔斯·凯米塔（1977— ）

无题 / 249
无题 / 251
无题 / 259
在闪耀的穹顶下 / 261
无题 / 267

安塔纳斯·西姆库斯（1977— ）

礼拜日的约会 / 271
在老城区 / 272
北方的小镇 / 274
恰值一次偶然的经历，或一月二十七日夜晚（悼念） / 276

旺季结束了 / 278

多纳塔斯·佩特罗修斯（1978— ）

一天天前所未有 / 281
幽灵犬；武士之道 / 283
地球如何带我运转 / 286
小公牛祭品 / 288
当代史中的自然研究 / 290

艾格妮·扎格拉卡利特（1979— ）

无题 / 295
最长和最后的诗 / 297
如今 / 300
草本学家 / 302
我为什么停止写作 / 305

葛德尔·卡兹洛斯凯特（1980— ）

为什么有时候想切腹自尽有利于防病健体 / 309
无题 / 313
生命的目标 / 316
无题 / 318
在公园跑步 / 321

伊尔兹·巴丘特（1984— ）

刀园里的绣活 / 325

冻雨　／　327
所谓渴望就是用手走路　／　329
伙伴　／　331
给瑞秋的摇篮曲　／　333

明多加斯·纳斯塔拉维丘斯（1984—　）

红衣主教　／　339
假底　／　341
来自斯塔提宾因库街的一箭　／　343
一个故事：关于过去、现在和其他不将存在的一切　／　346

维托塔斯·斯坦库斯（1984—　）

在说再会之前　／　355
下雪了　／　358
斯巴达　／　360
闰年　／　362

因德尔·瓦伦提奈特（1984—　）

到那时我可能是个瘦老太　／　381
考古学家　／　383
十字架　／　384
蜗牛壳　／　385
斯图亚特　／　387

奥斯拉·卡兹琉奈特（1987— ）

冰钓 / 391
弥诺陶洛斯的假日 / 393
无鸟的夜晚 / 396
月亮是一颗小药丸 / 398
信号灯 / 402

拉姆尼·布伦扎伊提（1988— ）

在西多会修士身旁 / 407
U 城 / 410
鳞翅目昆虫的坟墓 / 412
诗歌阅读 / 415
紫藤 / 417

记忆，阅读，另一种目光

（总序）

高兴

昆德拉说过："人的一生注定扎根于前十年中。"我想稍稍修改一下他的说法："人的一生注定扎根于童年和少年中。"童年和少年确定内心的基调，影响一生的基本走向。

不得不承认，二十世纪五六十年代出生的人都有着不同程度的俄罗斯情结和东欧情结。这与我们的成长有关，与我们的童年、少年和青春岁月有关。而那段岁月中，电影，尤其是露天电影又有着怎样重要的影响。那时，少有的几部外国电影便是最最好看的电影，它们大多来自东欧国家，几乎吸引了所有人的目光，是我们童年的节日。在某种意义上，甚至可以说，它们还是我们的艺术启蒙和人生启蒙，构成童年最温馨、最美好和最结实的部分。

还有电影中的台词和暗号。你怎能忘记那些台词和暗号。它们已成为我们青春的经典。最最难忘的是《瓦尔特保卫萨拉热窝》。"'空气在颤抖,仿佛天空在燃烧。''是啊,暴风雨来了。'""看,这座城市,它就是瓦尔特。"简直就是诗歌。是我们接触到的最初的诗歌。那么悲壮有力的诗歌。真正有震撼力的诗歌。诗歌,就这样和英雄主义和浪漫主义,紧紧地连接在了一道。

还有那些柔情的诗歌。裴多菲,爱明内斯库,密茨凯维奇。要知道,在二十世纪七八十年代,读到他们的诗句,绝对会有触电般的感觉。而所有这一切,似乎就浓缩成了几粒种子,在内心深处生根,发芽,成长为东欧情结之树。

然而,时过境迁,我们需要重新打量"东欧"以及"东欧文学"这一概念。严格来说,"东欧"是个政治概念,也是个历史概念。过去,它主要指波兰、捷克斯洛伐克、匈牙利、罗马尼亚、保加利亚、南斯拉夫、阿尔巴尼亚七个国家。因此,在当时,"东欧文学"也就是指上述七个国家的文学。这七个国家,加上原先的东德,都曾经是以苏联为首的华沙条约组织的成员。

一九八九年底,东欧发生剧变。此后,苏联解体,华沙条约组织解散,捷克和斯洛伐克分离,南斯拉夫各共和国相继独立,所有这些都在不断改变着"东欧"这一概念。而实际情况是,波兰、捷克、匈牙利、罗马尼亚等国家甚至都不再愿意被称为东欧国家,它们更愿意被称为中欧或中南欧国家。同样,不少上述国家的作家也竭力抵制和否定这一概念。在他们看来,东欧是个高度政治化、笼统化的概念,对文学定位和评判,不太有利。这是一种微妙的姿态。在这种姿态中,民族自尊心也发挥着不可估量的作用。

但在中国,"东欧"和"东欧文学"这一概念早已深入人心,有广泛的群众和读者基础,有一定的号召力和亲和力。因此,继续使用"东欧"和"东欧文学"这一概念,我觉得无可厚非,有利于研究、译介和推广这些特定国家的文学作品。事实上,欧美一些大学、研究中心也还在继续使用这一概念。只不过，今日，当我们提到这一概念，涉及的就不仅仅是七个国家，而应该包含更多的国家：立陶宛、摩尔多瓦等独联体国家，还有波黑、克罗地亚、斯洛文尼亚、塞尔维亚、黑山等从南斯拉夫联盟独立出来的国家。我们之所以还能把它们作为一个整体来谈论，是因为它们有着太多的共同点：都是欧洲弱小国家，历史上都曾不断遭受侵略、瓜分、吞并和异族统治，都曾把民族复兴当作最高目标，都是到了十九世纪末二十世纪初才相继获得独立，或得到统一，第二次世界大战后都走过一段相同或相似的社会主义道路，一九八九年后又相继走上了资本主义发展道路。之后，又几乎都把加入北约、进入欧盟当作国家政策的重中之重。这二十年来，发展得都不太顺当，作家和文学都陷入不同程度的困境。用饱经风雨、饱经磨难来形容这些国家，十分恰当。

换一个角度，侵略，瓜分，异族统治，动荡，迁徙，这一切同时也意味着方方面面的影响和交融。甚至可以说，影响和交融，是东欧文化和文学的两个关键词。看一看布拉格吧。生长在布拉格的捷克著名小说家伊凡·克里玛，在谈到自己的城市时，有一种掩饰不住的骄傲："这是一个神秘的和令人兴奋的城市，有着数十年甚至几个世纪生活在一起的三种文化优异的和富有刺激性的混合，从而创造了一种激发人们创造的空气，即捷克、德国和犹太文化。"[1]

克里玛又借用被他称作"说德语的布拉格人"乌兹迪尔的笔为我们描绘了一个形象的、感性的、有声有色的布拉格。这是一个具有超民族性的神秘的世界。在这里，你很容易成为一个世界主义者。这里有幽静的小巷、热闹的夜总会、露天舞台、剧院和形形色色的小餐馆、小店铺、小咖啡屋和小酒店。还有无数学生社团和文艺沙龙。自然也有五花八门的妓院和赌场。布拉格是敞开的，是包容的，是休闲的，是艺术的，是世俗的，有时还是颓废的。

---

[1] 见伊凡·克里玛《布拉格精神》第44页，崔卫平译，作家出版社1998年版。

布拉格也是一个有着无数伤口的城市。战争、暴力、流亡、占领、起义、颠覆、出卖和解放充满了这个城市的历史。饱经磨难和沧桑，却依然存在，且魅力不减，用克里玛的话说，那是因为它非常结实，有罕见的从灾难中重新恢复的能力，有不屈不挠同时又灵活善变的精神。如果要用一个词来形容布拉格的话，克里玛觉得就是：悖谬。悖谬是布拉格的精神。

或许悖谬恰恰是艺术的福音，是艺术的全部深刻所在。要不然从这里怎会走出如此众多的杰出人物：德沃夏克，雅那切克，斯美塔那，哈谢克，卡夫卡，布洛德，里尔克，塞弗尔特，等等。这一大串的名字就足以让我们对这座中欧古城表示敬意。

布拉格如此，萨拉热窝、华沙、布加勒斯特、克拉科夫、布达佩斯等众多东欧城市，均如此。走进这些城市，你都会看到一道道影响和交融的影子。

在影响和交融中，确立并发出自己的声音，十分重要。不少东欧作家为此做出了开拓性和创造性的贡献。我们不妨将哈谢克和贡布罗维奇当作两个案例，稍加分析。

说到捷克作家哈谢克，我们会想起他的代表作《好兵帅克》。以往，谈论这部作品，人们往往仅仅停留于政治性评价。这不够全面，也容易流于庸俗。《好兵帅克》几乎没有什么中心情节，有的只是一堆零碎的琐事，有的只是帅克闹出的一个又一个的乱子，有的只是幽默和讽刺。可以说，幽默和讽刺是哈谢克的基本语调。正是在幽默和讽刺中，战争变成了一个喜剧大舞台，帅克变成了一个喜剧大明星，一个典型的"反英雄"。看得出，哈谢克在写帅克的时候，并没有考虑什么文学的严肃性。很大程度上，他恰恰要打破文学的严肃性和神圣感。他就想让大家哈哈一笑。至于笑过之后的感悟，那就是读者自己的事情了。这种轻松的姿态反而让他彻底放开了。借用帅克这一人物，哈谢克把皇帝、奥匈帝国、密探、将军、走狗等等统统给骂了。他骂得很过瘾，很解气，很痛快。读者，尤其是捷克读者，读得也很过瘾，很解气，很痛快。幽默和讽刺于是又变成了一件有力的武器，特别适用于捷克这么一个弱小的民族。哈谢克最大的贡献也正在于此：为捷克民族和捷克文学找到了一种声音，确立了一种传统。

而波兰作家贡布罗维奇与哈谢克不同，恰恰是以反传统而引起世人瞩目的。他坚决主张让文学独立自主。在二十世纪三四十年代，贡布罗维奇的作品在波兰文坛显得格外怪异离谱，他的文字往往夸张扭曲，人物常常是漫画式的，他们随时都受到外界的侵扰和威胁，内心充满了不安和恐惧，像一群长不大的孩子。作家并不依靠完整的故事情节，而是主要通过人物荒诞怪僻的行为，表现社会的混乱、荒谬和丑恶，表现外部世界对人性的影响和摧残，表现人类的无奈和异化以及人际关系的异常和紧张。长篇小说《费尔迪杜凯》就充分体现出了他的艺术个性和创作特色。

捷克的赫拉巴尔、昆德拉、克里玛、霍朗，波兰的米沃什、赫贝特、希姆博尔斯卡，罗马尼亚的埃里亚德、索雷斯库、齐奥朗，匈牙利的凯尔泰斯、艾什特哈兹，塞尔维亚的帕维奇、波帕，阿尔巴尼亚的卡达莱……如此具有独特风格和魅力的当代东欧作家实在是不胜枚举。

某种程度上，东欧曾经高度政治化的现实，以及多灾多难的痛苦经历，恰好为文学和文学家提供了特别的土壤。没有捷克经历，昆德拉不可能成为现在的昆德拉，不可能写出《可笑的爱》《玩笑》《不朽》和《难以承受的存在之轻》这样独特的杰作。没有波兰经历，米沃什也不可能成为我们所熟悉的将道德感同诗意紧密融合的诗歌大师。但另一方面，需要注意的是，由于语言的局限以及话语权的控制，东欧文学也极易被涂上浓郁的意识形态色彩。应该承认，恰恰是意识形态色彩成全了不少作家的声名。昆德拉如此，卡达莱如此，马内阿如此。赫尔塔·米勒亦如此。我们在阅读和研究这些作家时，需要格外地警惕。过分地强调政治性，有可能会忽略他们的艺术性和丰富性。而过分地强调艺术性，又有可能会看不到他们的政治性和复杂性。如何客观地、准确地认识和评价他们，同样需要我们的敏感和平衡。

一个美国作家，一个英国作家，或一个法国作家，在写出一部作品时，就已自然而然地拥有了世界各地广大的读者，因而，不管自觉与否，他，或她，很容易获得一种语言和心理上的优越感和骄傲感。这种感觉东欧作家难以体会。有抱负的东欧作家往往会生出一种紧迫感和危机感。他们要用尽全力将弱势转化为优势。昆德拉就反复强调，身处小国，你"要么做一个可怜的、眼光狭窄的人"，要么成为一个广闻博识的"世界性的人"。别无选择，有时，恰恰是最好的选择。因此，东欧作家大多会自觉地"同其他诗人，其他世界，和其他传统相遇"（萨拉蒙语）。昆德拉、米沃什、齐奥朗、贡布罗维奇、赫贝特、卡达莱、萨拉蒙等等东欧作家都最终成为"世界性的人"。

关注东欧文学，我们会发现，不少作家，基本上，都在出走后，都在定居那些发达国家后，才获得一定的国际声誉。贡布罗维奇、昆德拉、齐奥朗、埃里亚德、扎加耶夫斯基、米沃什、马内阿、史克沃莱茨基等等都属于这样的情形。各种各样的原因，让他们选择了出走。生活和写作环境、意识形态、文学抱负、机缘等，都有。再说，东欧国家都是小国，读者有限，天地有限。

在走和留之间，这基本上是所有东欧作家都会面临的问题。因此，我们谈论东欧文学，实际上，也就是在谈论两部分东欧文学：海外东欧文学和本土东欧文学。它们缺一不可，已成为一种事实。

在我国，东欧文学译介一直处于某种"非正常状态"。正是由于这种"非正常状态"，在很长一段岁月里，东欧文学被染上了太多的艺术之外的色彩。直至今日，东欧文学还依然更多地让人想到那些红色经典。阿尔巴尼亚的反法西斯电影，捷克作家伏契克的《绞刑架下的报告》，保加利亚的革命文学，都是典型的例子。红色经典当然是东欧文学的组成部分，这毫无疑义。我个人阅读某些红色经典作品时，曾深受感动。但需要指出的是，红色经典并不是东欧文学的全部。若认为红色经典就能代表东欧文学,那实在是种误解和误导,是对东欧文学的狭隘理解和片面认识。因此,用艺术目光重新打量、重新梳理东欧文学已成为一种必须。为了更加客观、全面地翻译和介绍东欧文学,突出东欧文学的艺术性,有必要颠覆一下这一概念。蓝色是流经东欧不少国家的多瑙河的颜色,也是大海和天空的颜色,有广阔和博大的意味。"蓝色东欧"正是旨在让读者看到另一种色彩的东欧文学,看到更加广阔和博大的东欧文学。

二〇一三年十月三十一日定稿于北京

主编简介:高兴,诗人、翻译家,一九六三年出生于江苏省吴江市。中国作家协会会员。国务院政府特殊津贴专家。现为中国社会科学院外国文学研究所研究员,《世界文学》主编。曾以作家、翻译家、外交官和访问学者身份游历过欧美数十个国家。出版过《米兰·昆德拉传》《东欧文学大花园》《布拉格,那蓝雨中的石子路》等专著和随笔集;主编过《二十世纪外国短篇小说编年·美国卷》(上、下册)、《伊凡·克里玛作品系列》(5卷)、《水怎样开始演奏》《诗歌中的诗歌》《小说中的小说》(2卷)等大型图书。主要译著有《梵高》《黛西·米勒》《雅克和他的主人》《可笑的爱》《安娜·布兰迪亚娜诗选》《我的初恋》《索雷斯库诗选》《梦幻宫殿》《托马斯·温茨洛瓦诗选》等。

英译本前言

瑞马斯·乌兹吉瑞思

导言

……人类对各色古老部落的了解远胜过对欧洲少数民族的历史的了解——这是不公正、荒唐和错谬的集中体现。①

立陶宛是一个空洞、充满了破败的回忆……没什么，没什么，根本没什么留下来——除了语言。全世界有一千名高智商人士正在分析立陶宛语，因为这是一项妙趣横生、几乎独一无二的活动。但是，有谁在分析立陶宛人？但愿在世上那

---

① 盖维利斯，《维尔纽斯的扑克游戏》，第 301 页。（下文只要是序言作者的注释，都不做任何标注。若是中译者增添的注释，则会在末尾添加"译注"字样）

> 一千名高智商人士中，会有一人分析立陶宛人的精神历史，他们的胡言乱语，难以言明的心痛和绝望，各种"求生"的努力。①

这些极不浪漫的引文出自一九八九年出版的一部十分出色的小说；那时柏林墙已然倒塌，立陶宛"萨尤迪斯"独立运动正在兴起。理查德斯·盖维利斯创作的小说《维尔纽斯的扑克游戏》描绘了一个比此更早的时期，一个仍由苏联式的顺从主导的时期。就主题而言，这部作品代表了一个明显转向，即不再对立陶宛做浪漫化描写（在苏联占领时期，这曾是立陶宛民族意识的支柱）。《维尔纽斯的扑克游戏》代表着这个转折点，或者说它就是这个转折点。从此以后，一切都大变样了。一九九〇年三月十一日立陶宛宣称脱离苏联独立。这是立陶宛民族发表的第二次独立宣言，结束了长达五十年的被占领历史。第一次宣言是在一九一八年二月十六日发表的，结束了俄罗斯大约一百五十年的统治。两次世界大战之间，尽管波兰攻占了维尔纽斯，但立陶宛取得了独立，一大标志是语言活力在此时得到大量释放。沙皇的语言限制终于被推翻，立陶宛作家开启了发展和实验的进程。有些作家尽情地书写长期遭到压制的浪漫主题，赞美自己的国家和文化遗产，其他人则利用对西方开放的机会吸收现代主义文学的新风格。所有这一切都被一九三九年《莫洛托夫—里宾特洛甫条约》②打断，立陶宛被迫归入苏维埃阵营，立陶宛的诗歌传统在压制下缓慢发展。尽管如此，诗人发展出一种基于隐喻、象征和双重含义的"伊索式"语言，既能将隐秘的含意说给那些知情的读者听，又能逃躲压迫者的利剑。

苏联随后的解体引出了一个相当令人意外的文学问题：新获自由的文学界，文学读者的人数减少了。根据学者加布瑞尔·盖利乌特的

---

① 理查德斯·盖维利斯，《维尔纽斯的扑克游戏》，第159页。
② 即《苏德互不侵犯条约》。——译注

说法，苏联时代一本小说的平均印刷量是两万四千册，而到二十世纪九十年代，下降到大约一千五百到二千册。① 诗歌在占领时期备受看重，部分原因是它能以"伊索式"语言表达民族主义情感和向往，甚至表达批评意见。但现在诗歌读者的数量也减少了。诗人和批评家科尼利朱斯·普雷特利斯写道，立陶宛独立后的那些年，"对作家来说有点像黄金时代：稿酬是照付的，就像在苏联时代那样，没有人在教别人应该如何写作。但情况很快恶化了。整个社会对我们作品的兴趣，连同书籍的印刷量，大约下降了十倍"② 诗人如今被剥夺了优势的文化地位，还面临读者人数随之下降的境况，不得不调整自己的语言和目标。于是，他们开始尝试许多不同的风格和主题。其中最重要的也许就是身份主题。盖利乌特指出这种需要的源头："像'做一名立陶宛人意味着什么''我们从何而来'这样的问题卷土重来，困扰着我们。"③ 我们不会认为身份质疑和重塑是轻而易举之事，尤其当我们记得安塔纳斯·萨马拉维丘斯的评论的时候："根植于官方文化的战后思想和行为习惯今天仍然可以感受得到。"④ 这是立陶宛新生代诗选如此重要的一个主要原因。那些出生于一九七〇年以及之后的人并没有被苏联时代塑造成为诗人，在很大程度上，他们的个性也并非在压制下形成。他们是在自由独立的国家开启文学发表的生涯。因此，就语言层面而言，就思想和感情的有趣融合（即"诗"）而言，他们可以说代表着立陶宛新意识的形成。不管读者人数减少与否，他们对文化进步的重要性依然不减当年。盖维利斯将盲从因袭的意识形态和西方消费主义称作"卡奴基主义"⑤ 尽管盖维利斯的巨著《维

---

① 盖利乌特，《今天的立陶宛文学》，第12—13页。
② 普雷特利斯，《关于现代立陶宛文学》，第8页。
③ 盖利乌特，《今天的立陶宛文学》，第14—15页。
④ 萨马拉维丘斯，《迪达勒版立陶宛文学》，第15页。
⑤ 英译文为"kanukism"，不确定源自哪一门语言。从盖维利斯的小说来判断，这个词的字面意思是"吸走或除去（他人）灵魂的思想或政策"。——译注

尔纽斯的扑克游戏》基调阴沉,他依然将诗歌看成是抵抗无心智、无灵魂的"卡奴基主义"的一个关键场域:

"卡奴基主义"的倡导者——从柏拉图开始,到斯大林为止——如此痛恨和害怕幻想和诗学,竭尽全力要使一切变得实用,解释它们,证实它们,而这并不是偶然的。

诗歌使他们精疲力竭,浑身抽搐,肠子痛绞在一起——就像硼酸对蟑螂的伤害一样![1]

诗人是语言或者说语言中思想情感的保护者和开发者。他们最大的才能便是察知过往,了解现在,寻找将这种经验表述成语言的新方法,从而让我们了解自身和自身的潜能。正如评论家威廉·梅瑞迪斯所说:"这就是广义的诗人,即希腊语里的'创造者',对文化至关重要的原因。诗人能以新方式来回应,但使用的是当地部族里的常见语言。"[2] 诗人可以改变世人对自己以及在世界上的地位的看法,以此来改变文化。劳伦斯·韦努蒂自己评论德里达和翻译时,宣称"民族主义不是与国家公民身份相关的经验事实,而是对一个民族某个特定话语的认同,或者是嵌入这个话语里的自我认识"[3]。然而,有一点很重要,需要铭记在心:诗歌的话语可以而且经常超越民族的边界,文化自身是多孔、可塑、异质的。如果诗人是文化的创造者,他们创造的文化既是民族的,也是跨国的,那么,这批立陶宛新生代诗人如今创造的究竟是什么样的文化?

二十一世纪,立陶宛诗歌以其多样化的风格、主题和形式引人注目。年轻一代的诗人——大约出生在一九七〇年后的诗人——尤其具

---

[1] 盖维利斯,《维尔纽斯的扑克游戏》,第168页。
[2] 梅瑞迪斯,《诗歌难读》,第40—41页。
[3] 韦努蒂,《因地制宜:翻译与民族身份》,第179页。

有看重实验性和流散体验以及排拒旧主题的特点。所有这些诗人都是作为后苏联时代的艺术创作者长大成人的。他们看到自己国家的边界打开，便到世界各地行走，具有在国外生活的经验。

二十世纪九十年代后现代主义在文学界大爆发。它像一颗掩体炸弹一样被埋入文化之中①。科尼利朱斯·普雷特利斯曾指出外国占领如何为诗歌作品中不合时宜的心态催生条件："在那些年里，我们处在与十九世纪东欧浪漫主义者相同的政治局面中：被外国势力占领，有合作者，也有抵抗者。因此，我们的诗歌便有了额外的意义，额外的负担，尽管它的风格并不浪漫。然而，我们的心态在某种程度上是浪漫的。"② 不过，普雷特利斯还指出，许多诗人感到被这种浪漫主义束缚，意识到它矫揉造作的特点。

立陶宛的诗歌，就像它的语言一样，植根于乡村。用文学研究者瑞姆维德斯·兹尔巴约瑞斯的话来说，立陶宛语"本质上是农民的语言，从土壤中生长，在四季变化的严酷和美好中得到调和，在对长久磨难的持久忍耐中得到历练"③。立陶宛的城市文化发展得相对较晚。维尔纽斯的居民在很长时间里主要是说波兰语和意第绪语的人口。考纳斯曾经只是一个小省城。实际上过去大多数作家都来自小镇或乡下。难怪诗人和评论家尤根尼朱斯·阿里桑卡会声称"民俗文化和民族志传统长期以来在立陶宛诗歌中扮演重要角色"④。立陶宛很多举足轻重的诗人属于神职人员，从多尼拉提斯⑤到麦若尼斯⑥，再到缪

---

① 这句话与这一段接下来的论述缺乏逻辑关联。序言作者想表达的意思很可能是：后现代主义思潮被埋入立陶宛文化中，为摧毁浪漫主义做好准备。——译注
② 普雷特利斯，《关于现代立陶宛文学》，第5—6页。
③ 兹尔巴约瑞斯，《立陶宛文学简史》，第13页。
④ 阿里桑卡，《六位立陶宛诗人》，第15页。
⑤ 克瑞斯提约纳斯·多尼拉提斯（1714—1780年），普鲁士的立陶宛诗人，路德教牧师。——译注
⑥ 麦若尼斯（1862—1932），立陶宛诗人，天主教牧师。——译注

克莱提斯 – 普提纳斯①，皆是如此。因此，在很大程度上，文学和民族认同沿着乡村天主教的方向发展。兹尔巴约瑞斯在关于立陶宛文学发展的历史叙述中点出了一大群他所谓的"乡村散文"和"乡村诗歌"作家：他们的作品植根于"立陶宛农村社会成百上千年的传统；一般认为这样的社会集中体现了立陶宛民族性格和文化特征"②。最近一些出色的诗人，如朱思提纳斯·马辛可维丘斯、马瑟利朱斯·马提奈提斯和西吉塔斯·葛达就是这个流派进入二十一世纪的典型。我们也可以在关于诗歌的学术评论中找到这种态度，例如，著名评论家维克托瑞哈·道约提特宣称，"一个人无法从自然中得到滋养，也就不能从生活中得到滋养，最终也无法从语言中得到滋养"③。对她来说，这意味着诗歌必须扎根于自然环境："原始诗歌存在于大自然之中。"④

乡村和将乡村包围的自然世界在苏联占领时期呈现更多的意义，因为它代表着苏联的反面，代表着事实上不断受到苏联政策威胁的那一切。正如萨马拉维丘斯评论的那样："那时很多立陶宛作家探讨了那个影响传统乡村结构和社区的破坏过程，描述了传统生活方式的逐渐丧失，并检视了集体化的各种后果。"⑤ 这与他们作品里的浪漫基调自然是有深切关联的；普雷特利斯写道，他们作品的典型特点就是

---

① 温卡斯·缪克莱提斯 – 普提纳斯（1893—1967），立陶宛诗人，牧师。——译注
② 兹尔巴约瑞斯，《立陶宛文学简史》，第169页。
③ 道约提特，《放下诗歌》，第9页。
④ 道约提特，《放下诗歌》，第19页。我们可以将她的观点与弗兰克·奥哈拉的都市世界主义做对比："但是，我从来不费心思去赞美田园生活，不以怀旧的目光将牧场上悖理的行为看作纯真过往的体现。一个人不需要离开纽约的边界就可以得到他渴盼的所有绿意——我甚至无法享受一片草叶带来的快乐，除非我知道附近有方便的地铁、唱片店或者其他一些表明人们不会对生活抱憾的标志。"（引自《紧急情况下的沉思》）尽管奥哈拉的语调反讽、轻率，我们依然可以看到，对他来说，能找到诗歌的地方是人类社会，而非自然界。
⑤ 萨马拉维丘斯，《迪达勒斯版立陶宛文学》，第16页。

"使用一些共有的概念,如家园、民族、精神、大地、面包等,以及诉诸共有的经验和愿望。在这种浪漫主义中,有可能发现一种现如今被称作田园理想的立陶宛风潮"①。

当然,这种蕴含田园理想的"乡村诗歌"也有例外,尤其在流亡诗人——亨瑞卡斯·拉多思卡斯②和托马斯·温茨洛瓦③中间,或者在立陶宛首位真正的城市诗人④朱迪塔·瓦伊丘奈特⑤身上,但现在,例外已成为常态。⑥ 正如阿里桑卡指出的那样,一九九〇年重新获得的独立给年轻诗人带来了自由感,他们不再觉得有必要让自己的诗句承载民族身份的重担。这种自由也促成了流亡诗人作品的重新出版,增强了立陶宛与外部世界的联系。"诗人不再觉得他们是'民族的代言人';恰恰相反,他们必须找到一种与增强的孤独感和疏离感相符的语言。诗歌变得更加主观内省,更有讽刺意味,诗歌表达的是'我'而不是'我们。'"⑦ 普雷特利斯将后苏联时代的作品描述为"更'民主',更清晰,更易理解,较少投身于不同文化语境,更专注于日常生活体验,试图以意想不到的方式点亮它们……"⑧。这里呈现的二十六位诗人几乎都在后苏联时代长大成人,其中很多人是在二十一世纪成年的;他们作品的主题具有主观性、反讽性、都市化、当代性特点。对他们来说,那个在诗歌里书写乡间农舍,书写有鸟儿歌唱的肥沃土地,书写受压迫的立陶宛正在挣扎的灵魂,书写过往辉煌的

---

① 普雷特利斯,《关于现代立陶宛诗歌》,第147页。
② 亨瑞卡斯·拉多思卡斯(1910—1970),立陶宛诗人、作家。
③ 托马斯·温茨洛瓦(1937—   ),立陶宛诗人、学者和翻译家。
④ 我们也可以认为其他来自立陶宛(或维尔纽斯)的诗人,比如切斯瓦夫·米沃什和亚伯拉罕·苏兹克维,也是城市诗人,只不过他们不用立陶宛语写作。
⑤ 朱迪塔·瓦伊丘奈特(1937—2001),20世纪下半叶立陶宛最著名诗人之一。
⑥ 在这个简单化的论说里,我暂不考虑活跃在两次世界大战期间——未来主义、象征主义、先锋实验主义都曾在此期间短暂繁荣过——各种各样具有实验精神的现代派诗人。
⑦ 阿里桑卡,《六位立陶宛诗人》,第17页。
⑧ 普雷特利斯,《关于现代立陶宛文学》,第9页。

时代已经一去不复返了。浪漫主义这个十九世纪欧洲的艺术之泉曾在立陶宛的艺术泉脉里不断奔流，一直流到二十世纪，还衍生出各种新浪漫主义细流，此时却在很大程度上已经枯竭。人们仍然可以在各处听到涓涓细流声，但绝大多数新泉眼都已经被急速抽干了。

这倒不是说立陶宛文化和历史在新生代诗人的作品中是缺席的。这些主题以不同的形式出现，语境不同，审视的目光也更有批判性。例如，拉姆尼·布伦扎伊提在二〇一三年获得约特文基人青年奖的处女作《蝴蝶，我的朋友》中写到她在意大利学习所产生的错位感。布伦扎伊提根植于立陶宛文化和历史，却又全身心投入到意大利文化中；和苏联解体后很多生活在欧洲不同地区的立陶宛人一样，这种经历使她开始质疑自己的身份。第一拨流亡作家在苏联占领期间被迫离开自己的国家，经常抱着永不衰竭的怀旧情绪来回望故土。如今，立陶宛诗人则面临着选择在哪里生活的问题，这促使他们开始追问：作为立陶宛人意味着什么？因此，布伦扎伊提才会在她的诗作《在西多会修士身旁》中将立陶宛历史比成一只蜗牛的黏液拖出的长痕。圣安妮教堂那个具有圣象意义的晚期哥特式杰作是以骷髅的形象进入她的诗歌的。立陶宛的篝火在圣约翰节会被隆重无比地点燃，却被限制在托架里。在整部诗集中，意大利像维尔纽斯一样经常出现，诗人试图掌握她在国外的经历，并将其与本国经历相对接，她身处一地时似乎总是想念另一地。与机智的文字游戏联袂而行的是一种丰沛的感受力；带着这种感受力，诗人身处从俄罗斯到地中海的不同文化时，会同时产生熟悉和迷失之感。

马利乌斯·布洛卡斯的诗歌更多地植根于维尔纽斯的日常生活，但他的视角也是追问的视角。他在第二部诗集《处境》中将自己描写为一位立陶宛诗人，赤身裸体站在一家美国自助洗衣店里——不是驻足乡间，也不是驻足古老的城堡山（更早的浪漫主义诗歌，比如麦若尼斯的诗歌，有可能这么表现）。最新的作品《我学会如何不存在》为布洛卡斯赢得了二〇一一年约特文基人青年奖；在这部作品里，布洛卡斯的维尔纽斯位于那个经过翻新、满是游客、历史悠久的老城之外。黑暗的下等酒吧和非个性化的公寓楼为读者呈现了一个破旧阴郁的当代城市风景。人们可以感受到美国节奏和布考斯基（布洛卡斯曾将其作品翻译成立陶宛语）的影响。布洛卡斯在堕落的世界中寻找意义，而死亡化身为赤裸的妓女，从公寓的窗户朝他叫唤。

伊尔兹·巴丘特在处女作《大篷车摇篮曲》中，想象自己在马戏团中长大。就像毕加索将自己描绘成一个哈勒昆①一样，她将自己与外来文化联系起来。诗歌成为她的魔术手法，她借此让世界产生变形，把自己塑造成一个二十一世纪的女人，既锋利又柔软，在花园里种植利刃，而不是花朵，戴着防毒面具做爱，或者从大屠杀期间一位犹太父亲的角度写作（给女儿写遗言）。巴丘特的女性气质很复杂（也有趣，例如，她总爱提及自己喜欢猫和摩托车），要对立陶宛当代、对女性身份得出全新、更复杂的理解，她的诗歌是不可不参考的。

贝尼迪克塔斯·雅纽瑟维修斯可以说是新生代诗人中最具实验性的诗人，二〇〇七年获得约特文基人青年奖。在他的书里，诗画相互融合；他的诗集充满了俏皮话和文字游戏；他的作品以诙谐的妙语、狂野的想象力和活力来应对当代问题。雅纽瑟维修斯的新作《关于基因》和《孩子从哪里来》触及人类生殖故事的两个方面。《孩子从哪里来》以反讽和幽默风格来处理民间传说中关于孩子来源的说法。不过，这首诗采用游戏的口吻，是为了让我们猝不及防地面对像"我们来自何处""为何身在此地"这类基本问题。它以游戏口吻质疑那些关于婴孩来源的幼稚描述，意在为我们铺一块垫脚石，让我们借此质疑自身的形而上学根源和存在目的。同样，雅纽瑟维修斯用具有反讽意味的机智话语来回应科学调查和操控的严肃性问题。基因工程和生命构成要素的研究可以成为具有情感冲击力的话题，但由于诗人的荒

---

① 即意大利和英国喜剧中身穿五颜六色补丁服的滑稽角色。——译注

诞处理，我们能够抛开焦虑并直面自身机理易变的问题。不管在美容院还是在基因实验室，我们都越来越有能力改变自己，但我们是否清楚这些有可能带来毁灭的变化究竟是出于何因，为何目的？

维尔纽斯大学哲学系的博士生奥斯拉·卡兹琉奈特是三部诗集的作者。她的诗歌以惊人的并置、超现实的意象和意想不到的曲折给我们带来强烈冲击。她的诗歌抗拒简单的阐释，却以生动而远大的想象之旅令我们神魂颠倒。在卡兹琉奈特的诗作中，没有古雅的温柔情致或浪漫式的感伤。残酷、血腥和死亡，作为弥漫我们生命的形而上存在，从她的诗境中迸发出来。在她的第二本书《20%集中营》中，我们发现汽车被刺穿，挂在空中一个巨钩上，或庞大的海狸正在啮咬着这个世界。这种惊悚的意象继续出现在她最新的作品里：星辰发出的警报响彻太空，永无止息；月亮被描绘成一颗药丸，药丸的一半被塞进一只垂死鸟儿的身体里。我们的处境也同样充满了暴力，却有一种怪异之美，卡兹琉奈特带着一种令人惊叹的哲学式的平静来描绘这一切。

多纳塔斯·佩特罗修斯是两本诗集的作者，二〇〇四年获得约特文基人青年奖，二〇一〇年凭借诗集《不定过去式》获得立陶宛作家协会颁发的年度最佳诗歌奖。佩特罗修斯的诗歌以传统的抒情主题为视角，充满个人传记要素。他的风格令人回想起"纽约诗派"，因为他总是将思想或事件串联在一起，句子不加标点符号，如瀑布直冲而下，漫溢诗行，而诗节常以令人屏息的气势突然断开。就在我们以为我们清楚自己处在诗歌中什么位置时，却被意想不到的并置或突兀的超现实意象吓了一跳，但语言汇成的水流依然持续不断地推着我们向前。在佩特罗修斯的一首诗歌里，一头被牵往市场的公牛成为献给诸神的祭品，而骑自行车的人则变成古代世界的泰坦。佩特罗修斯可以在一节诗里讨论自己的运动鞋，随即在下一节诗里，从阳台跑到外头去检查那条通往世界四个角落的神奇索桥。日常现实里弥漫着魔力和疑惑。佩特罗修斯以反讽的目光来看待自己，质疑自己的人生，但围绕他四周的却是奇迹。

关于这个选集里的每一位诗人我都可以写出不少内容，比如，瑞姆维达斯·斯坦克维丘斯和金塔拉斯·布莱兹吉斯如何呈现有严重缺陷的叙述者在后现代世界中试图保持与上帝的联系，使立陶宛宗教诗歌的悠久传统获得新生；瑞曼塔斯·凯米塔如何将简单的语言编织成冥想、探索的诗句，让它们汇成一条缓慢流淌的水流，在此过程中拷问日常经验；因德尔·瓦伦提奈特如何在朱迪塔·瓦伊丘奈特的作品基础上，将爱情诗带入二十一世纪，诗人和剧作家明多加斯·纳斯塔拉维丘斯如何激活了立陶宛诗学中长期被忽视的叙事抒情诗；曼塔斯·吉姆佐思卡斯（绰号"萨满"）如何突然闯入文学界，携带着他那些不同于任何人用立陶宛语创作的诗歌，他那些超现实的、基调暗沉的俏皮诗歌，在丧生于火灾的悲剧发生前，绽放出昙花一现的光芒。立陶宛这样一个小国家，在诗歌和诗学的多样性方面，是令人惊叹的。

现在是让诗歌自己说话的时候了。当然，我们应该首先注意到它们在这里说的是英语。我翻译了其中大部分诗作，大多数都还未曾有译文。至于其他诗歌的译文，它们都是近十年出现的，主要在立陶宛发表。我们适当编辑后采用了这些译文。这本书的编辑——我本人①、马利乌斯·布洛卡斯和埃加拉斯·普雷特利斯的首要目标是在保证意义准确的同时，不失去每首作品独有的诗意。一般说来，如果一首诗在很大程度上依赖押韵和文字游戏时，我试图在英语里保留这种特点；但是，我在强调保留原意、比喻、隐喻和意象的同时，允许诗韵以不同的形式相互呼应，有时候押半韵而不是押全韵。我们的目标是让读者了解原作试图通过声音实现什么效果，同时没有大幅度改变

---

① 瑞马斯·乌兹吉瑞思是一位诗人、译者、编辑和评论家。作品曾刊登在《巴罗街》《火神》《亚特兰大评论》《实质》《马萨诸塞评论》《爱荷华评论》《哈德逊评论》等杂志上。乌兹吉瑞思从威斯康星—麦迪逊大学获得哲学博士学位，从罗格斯—纽瓦克大学获得创意写作方面的艺术硕士学位。他还曾得到富布赖特学者项目的资助，国家艺术基金会的文学翻译奖助金，在维尔纽斯大学教授文学和创意写作。——译注

原意。

比如，在阿纳斯·艾利索思卡斯的译诗里，我竭力保留尾韵的存在。艾利索思卡斯所用的句法错综复杂，意象接连不断，难以做出简单的阐释，所以，他所写的诗歌很是晦涩，即使字面意义也是如此。他是一位给诗歌押韵的后现代实验主义者（在这方面类似于约翰·阿什贝利的一些作品）。押韵不仅将他那些在语言规则上大胆而行的诗句联结在一起，而且给人感觉他是以游戏的方式跟传统打交道。英译版的读者对此应该有所了解。这一点对他的诗学至关重要。

相比之下，伊尔兹·巴丘特的押韵方式要传统很多。她的诗歌常由押韵的四行诗节组成，具有明显抒情的结构。巴丘特作品的新颖和重要之处不是语言游戏或对传统形式的扭曲，而是诗歌的内容；她的意象，至少就表面意义而言，不难把握，而且生动逼真，清楚地阐明了诗歌的内容。正因为如此，我选择以当代抒情自由诗的风格来呈现她的作品，声音让位于内容。

在有些情况下，尤其涉及文字游戏时，转化和替换是有必要的，比如，在雅纽瑟维修斯和布伦扎伊提的诗歌里。先以雅纽瑟维修斯的《关于基因》为例。作者在诗中某处写道："tegyvuoja gmo, nso ir čmo！！！"而我将其翻译为"let gmo, ufo, omg live！！！"（让转基因生物、不明飞行物、"那什么鬼"永世流传！）。关键问题是"čmo"属于俄语里的俚语，指道德堕落之人，在英语里并无完全对等词。我用"omg"[①]代替"čmo"来保留这个俚语轻快的声音效果，并用"omg"来暗示基因工程像在"扮演上帝的角色"（我相信这一点与原诗的含义一致）[②]。有时，我的改动幅度会更大一点。例如，拉姆尼·布伦扎伊提一首诗的标题是"lepidoptera graves"（鳞翅目昆虫的坟墓），原

---

① "omg"是"Oh, my God!"的缩写。——译注
② 中译者用中文俚语"那什么鬼"来翻译"čmo"，没有采纳英译文的言外之意。——译注

文为"drugelių kapinės"，直译为"moth graves"（飞蛾之坟）。我不喜欢直译版本的双音节效果，也不大欣赏"moth cemetery"（飞蛾的坟墓）这个说法。当然，"蝴蝶的坟墓"是一种选择，但这首诗明确指向飞蛾和蝴蝶，所以我想取一个能包含二者的标题（在立陶宛语里指示蝴蝶和飞蛾的词语可以互换使用，比英语更为常见）。通常情况下，如果原文未使用科技语汇，我不会将其引入译文里。布伦扎伊提这首诗末尾出现了科学术语："proserpinus proserpina"（普罗塞皮弩斯·普罗塞皮娜）。这个短语指天蛾科里的青波翅天蛾，在立陶宛语中称为"nakvišinis sfinksas"，即"夜间的斯芬克斯"（诗人既用"proserpina"指示冥后，也用整个短语暗示像斯芬克斯一样的女人形象）。由于鳞翅目包括飞蛾和蝴蝶，我可以将它用作标题，紧接着在诗歌开篇处引入"monarchs"（王者），凑成一个押头韵的短语"moths, monarchs/ friends"（飞蛾，王者/ 朋友）①，来对应第一节诗里的头韵"drugy, mano drauge"。于是，我在第七节中就能再次使用"monarchs"，将"pages"（把"monarchs"引回家中）变成双关语："my palms / are monarchs / led home / by pages"（我的手掌/ 是王者/ 被侍从官/ 从哈迪斯的王国 / 领回家中)②。我希望这可以弥补在翻译"mano plaštakės/ tai plaštakos"（我的蝴蝶是手掌）过程中丢失的双关语。人们经常谈论在翻译过程中会丢失什么，但有些东西丢失了，难道我们不能找点新东西弥补吗？在类似这样的情况下，人们可能会想到那个精妙的意大利短语："traduttore, traditore"或"译者即背叛者"。但是，目前诗人们都还没有抱怨自己遭到任何背叛，由此来看，也许我已经充分译出了他们作品里的诗意。无论如何，我在行文过程中不愿意去考虑那个精妙的意大利短语，反倒倾向于用豪尔赫·路易斯·博尔赫斯的翻译格言提醒自己："没有正本，只有不同的版本。"

---

① 中译者用"王者"一词来翻译"monarchs"，与"飞蛾"押尾韵。——译注
② 在英语里，"pages"有"书页"和"侍从官"的意思。

正是我的版本和众多其他天才译者的版本协力让最新的立陶宛诗歌发出了声音。

这本选集收录的二十六位诗人中只有七位是女性。事实上，我必须说我对此很苦恼，但不清楚该怎么做才好。马利乌斯·布洛卡斯曾表示，质量和年龄是他唯一的挑选标准（宗旨就是编一部选集，反映立陶宛独立后长大成人的那一代人最好的作品）。很显然，对诗歌质量的感觉因诗人而异。不过，很难说我会做出不同的选择，而且，布洛卡斯的选择得到了其他人的认可，包括女性。在过去大约一年的时间里，我在维尔纽斯亲历了一些有意思的小故事，将它们讲述出来也许会有助于理解目前的情势。

第一，在一所立陶宛大学，我曾听到一位高职位的长者对一群即将毕业的大四学生所做的一番离别演讲。在他演说的对象中女生占了多数。他向这群人传达的一个信息是，只有极少数人会继续深造，成为学者，好在他们大多数是女性，毕业后可以直接去生孩子。第二，在某个诗歌节的会议上，批评者莱玛·克雷维特主张（在我看来这是相当合理的观点）立陶宛语应该稍做变革，用于表示"骑士"的词——在立陶宛语里有阳性形式（即"riteris"）——也可以用于形容女人（即"riterė"）。听众中最先对她的提议发难的两个人是女性，其中一人抱怨说克雷维特无异于扬言剥夺她的女性气质，她担心自己会因此失去女性身份。第三，我曾参加过维尔纽斯的一次诗歌朗诵会，那也是为三位年轻女性的处女作举行的发布仪式。其中两位诗人以一种我称之为浪漫主义的风格写作，作品充满了大自然意象、哥特式的血腥，还掺杂有大量教你消极应对和忍受的"药剂"。只有一个人听起来像当代诗人，只有在她的诗笔下才能看见真正的城市生活（其实她们三个人都生活在维尔纽斯）。那人便是拉姆尼·布伦扎伊提，她的处女作曾获多个奖项，作品也被编入这个诗集里。无论人们怎么解读这些小故事，我相信该书收录的那些女性确实离开传统的性别角色，向前迈出了一步。她们代表这样一群现代立陶宛女性：愿意冒着危险质疑自我和社会,力图使语言变为自己的语言,甘愿冒险重新塑造自己。①

人们读到的很多二十世纪立陶宛诗歌可能会给人落后于时代的感觉。② 这二十六位诗人告诉全世界的人,二十一世纪的立陶宛已经充分融入这个世界。这些诗人并非最先接受后现代主义的影响,但他们却是以独立自足的状态和创作热忱慢慢潜入其中,并重新定义做一名立陶宛诗人,甚至做一名立陶宛人(他来自欧洲偏远角落,操持着一种无法被压制的古老语言)的意义。

引用文献:

1. 尤根尼朱斯·阿里桑卡(主编),《六位立陶宛诗人》,陶德:摩登亚克出版公司,2008年版。

2. 维克托瑞哈·道约提特,《放下诗歌》,维尔纽斯:提托·阿尔巴出版社,2013年版。

3. 加布瑞尔·盖利乌特,《今天的立陶宛文学》,《立陶宛文化指南》,维尔纽斯:立陶宛之书出版社,2013年版。

4. 理查德斯·盖维利斯,伊丽莎白·诺维加斯译,《维尔纽斯的扑克游戏》,罗切斯特:公开信出版社,2009年版。

5. 威廉·梅瑞迪斯,《诗歌难读》,安娜堡:密西根大学出版社,1991年版。

6. 弗兰克·奥哈拉,《紧急情况下的沉思》,纽约:格洛弗出版社,1957年版。

---

① 前面提到的批评者莱玛·克雷维特也许在不久的将来会跻身于与这些打开新局面的诗人同等的位置。她的首部诗集《萨福的炼狱》出版于2013年秋季,表现出高水平创造力和高深学识,只可惜当时这部选集已经定稿。

② 当然,也可以参阅阿里桑卡的《六位立陶宛诗人》,从中可以了解20世纪90年代哪些诗人在创作上已臻于成熟,并开启立陶宛诗学的变革过程(这些变革如今在新生代诗人身上结出了丰硕的成果)。

7. 科尼利朱斯·普雷特利斯，约拿斯·兹达尼斯译，《关于现代立陶宛诗歌》，维尔纽斯：立陶宛作家协会出版社，2011 年版。

8. 科尼利朱斯·普雷特利斯，《关于现代立陶宛文学》，《阿图玛》，卢布尔雅那：斯洛文尼亚作家协会出版社，2008 年版。

9. 安塔纳斯·萨马拉维丘斯，《导论：失而复得的时间》，《迪达勒斯版立陶宛文学》，安塔纳斯·萨马拉维丘斯主编，索特里：迪达勒斯出版社，2013 年版。

10. 劳伦斯·韦努蒂，《因地制宜：翻译与民族身份》，《民族、语言和翻译的伦理》，桑德拉·贝曼和迈克尔·伍德主编，普林斯顿大学出版社，2005 年版。

11. 瑞姆维德斯·兹尔巴约瑞斯，《立陶宛简史》，维尔纽斯：白原出版社，2002 年版。

寻找意义的迷踪

(中译本前言)

叶丽贤

美国诗人 W. H. 奥登认为诗歌具有谜语的元素，在某种意义上可以视为一门"不把铲子叫作铲子"的艺术，即一门不直陈其事、以隐曲为贵的艺术。读诗译诗的过程很多时候就是一段猜疑解谜的旅程。《我行走在你身体的荒漠——立陶宛新生代诗选》充满了这样基于文字肌理的猜解游戏。与书名同题的诗歌，即吉提斯·诺维拉斯的《我行走在你身体的荒漠》，不同于"去睡你"这样恶俗的表白。诗里的"我"行走在"你"身体的沙漠，饱受风吹日晒之苦，循迹而行，却常常找不到出路，在原地来回打转。诗中的"你"可以是情人，也可以是任何让人迷失其中、无从俯瞰全貌的事物。现当代诗人的精神世界便属于这样的事物。他们很多作品里的文字如同茫茫沙漠，阅读者跋涉其间，常常找不到"终极的去处""可以放心地结束和休息"，即使目标明确，却也无人可以问路。迷向感令孤独的行客几乎失志发狂。谁能想到黎明时分从天际升起的沙尘暴竟是诗人梳理思绪时扬起的细屑？在这样的文字世界里，即使有出路在眼前打开，那恐怕也是海市蜃楼，引人踏向失望的终点，不得不原路折回。这也许将是很多读者在阅读这本立陶宛诗集时的感觉。

开篇第一首《土豆雕成的立陶宛》就是一首言语隐晦费解、读起来晕头转向的谜语诗。诗人艾利索思卡斯将立陶宛的国鸟、食物、地理环境、主要邻国、宗教信仰、历史变化等信息聚集起来，重新编码，在此基础上生成了一幅错综复杂的立陶宛二维码视图。布洛卡斯的《建造蚁丘的说明》从表面上看是教读者如何垒砌蚁冢（吐口水是第一步；蚁冢的基本建材就是沙粒和蚂蚁的唾液），实际上是让读者沿着他交代的操作步骤去揭开人生谜底：蚁冢也许是很多男人机械无趣、按部就班的人生历程或安排的缩影。这是译者根据字里行间的"黑痣和皱纹"（引自诗歌《我行走在你身体的荒漠》）所做的猜想或推测，并不必然符合诗人预先埋下的终极答案（假使真有这样的答案）。现当代诗人在书写诗歌时，往往不会预设确定的终点，即使有此预设，也不会勾画出某种显见的脉络或必然的逻辑，让读者顺利抵达意义的终点。这类诗歌蕴含的意义往往不是那种一眼望穿、合书就可以定论的类型；对这类诗歌的解读具有暂时性、试验性、多重性、反复性、矛盾性的特点，解读者试图不断接近"本意"，却永难将其定格、终结或穷尽。在这样的文本荒漠里行走，寻找不到出路也是理所当然。倘若放弃一定要找到出路的执念，低头耐心地审视这类诗歌的布局、形式和声音等要素，也许反倒有可能在不经意间瞥见"意义"的面容，哪怕只是瞥见它的局部特征，哪怕一两眼之后它又杳无踪迹。

浏览这本诗集的目录，挑选一首标题迷人的诗作，再打开正文细读，有时会发现诗歌内容完全出乎意料，标题与内容毫不相称，甚至毫不相干（当然，标题为《无题》的诗作除外）。看到凯米塔的诗歌标题——"在闪耀的穹顶下"，恐怕没有读者会料到这首诗描写的是一位深夜仍工作在超市收银台前的女售货员的生存状况。"闪耀的穹顶"既可以指群星闪烁的苍穹，也可以指高堂华屋，诗人却将它安放在了一个社会底层人员的头顶，这无疑加强了诗歌对社会不公正现象的反讽和批判意味。佩特罗修斯的《当代史中的自然研究》也同样给人标题与内容错位的感觉。"当代史中的自然研究"，带有学术论文措辞色彩的标题，但诗人在这首诗里其实只是以一位中学生的口吻来议论中学生活和学校自然课程的设置情况。从标题措辞风格和内容的反差中，我们也许可以窥见诗人真正的表达意图：与一本正经的当代史研究相比，人们通过观察大自然或许能更直接、更深刻地认识立陶宛当代生活的真相。与这些诗作相比，这个集子里一些作品的标题与内容似乎离得更远，甚至到了风马牛不相及的地步。托马斯·S. 布特库斯是偏爱这样设计标题的诗人，他的小诗《野草莓》是全书里一个极端典型。在这首作品里，多数诗行的隐含主语模糊不清，邻近诗行之间的关系难以判断，就连标题里"野草莓"的意象从何而来也不易得知。但如果考虑到野草莓是欧洲乡间的普通植物，生长于田野林间，也可种植于庭院里，或移栽到花盆或花篮中，作为绿化装饰之用，我们或许能发现"野草莓"与"凤凰""牧歌""五叶星"之间的隐约关联：诗人看到六楼上密密挂着的野草莓盆栽，想到通身红艳如草莓、尾羽有着草莓状斑纹的凤凰；野草莓是生机盎然的田园生活的一种象征；有些草莓品种的果蒂处有五片叶子。虽然这依然没有解开《野草莓》这首诗的隐晦内涵，但至少指出了一条可以将布特库斯诗里的散乱意象收拢起来的线索。

说到意象排布的问题，这部诗集里不少作品以意象的驳杂相呈或突兀并置给人留下深刻印象。现当代诗人往往不会遵照情感或理性逻辑来驱遣或组配意象。驱动他们诗笔的是下意识的、直觉式的联想。这就是为何他们邻近诗句或通篇诗作里意象的过渡常呈现跳跃、隐蔽的特征，以事物之间不常见、不充分、非本质的关联为基础。瓦利奥尼斯《有一天也许最大的罪是不犯罪》里意象的延续也具有这样的特点。该诗第一节呈现了"我们"坐在桌前吃肉，隔壁钟声响起，一群孩子在屋外踢球的情景。下一节诗人转向"黄色的幻日"对世人所做的声明。"幻日"指太阳照射大气中的冰晶体产生的虚像，虚像常为两到三个，位于围绕太阳的大光环的弧线上。"球"与"幻日"的一个联系就是它们的形状。此外，从"球"转向"幻日"或许还有一个动因：那个"球"很可能就是太阳。诗人说："孩子们踢打着一团/类似球的东西"；模糊的措辞似乎在暗示，天上的真太阳被"幻日"赶到人间，成了孩童脚下的玩物。第二节中的"掠食性"又与第一节中的吞食动作隐隐呼应。第三节仍然属于"幻日"的预言："明日清晨/将会以四面体的形式出现。""四面体"这个几何术语出现得太过突然，能与前一节发生的唯一关联似乎也只是形状，但形状又不足以解释"幻日"与变成"四面体"的翌日清晨之间的内在关联。"幻日"多出现在清晨或傍晚，诗人接着以"鸟儿"为跳板从清晨跳到了夜晚（那些"鸟儿"在夜里"喝水"或"大笑"），又从"夜晚"跳到"迷宫"的意象，再回到"夜晚"，移向"火花"、看见"火花"的"眼睛"、为"眼睛"照路的灯光。就在此时，诗人终于使用了"走私者"这个全诗里唯一与"罪"有点牵扯的意象："我"等来了走私者，跟随他们离开。"我"的离开发生在"最大的罪是不犯罪"的时候，也就是说，发生在一个不是极为堕落就是无趣至极的时代。从开篇起，诗里的意象就这样似断犹续地向前铺延，到了临近末尾时，终于微弱地呼应了标题的隐含之意。要进一步充实这些意象之间的裂缝以及与标题之间的裂口，还需要读者做不少"脑补"工作。

如果一首诗有较突出的意象并排、堆叠和铺陈特点，在语言形式上就可能表现为大量词或短语的并呈或罗列。有些诗给人的视觉感就像清单或从笔记本上撕扯下来的残页。艾利索思卡斯在《两位圣徒：

爱怀疑的托马斯》中列举了大量有生或无生之物的"洞",将"我"戳洞的动作与托马斯用手指检测耶稣伤口的行为相联系,赋予前者怀疑的精神并给它罩上形而上的外衣。雅纽瑟维修斯的《关于女人的玫瑰(之诗)》和瓦利乌卡斯的《他喜欢》都是关于女人的清单之诗。两位作者通过琐碎的罗列来揭示女人这个"物种"在日常生活中被忽视的多样性、丰富性以及细小的可爱之处。在有限的清单里往往存在罗列者想穷尽所有事项或条目的冲动。这就是金塔拉斯称他的一份清单为"穷尽的形式"的原因。至于"形式"所指,很难得出明确的结论,但至少可以说《穷尽的形式》里充满了伤害、暴力、病态的词语或意象,也许"形式"与此相关。整首诗就像诗人闲来信手记下的零碎笔记,一组组排列,每组意象相关或词性相近,但组与组的关联并不明显。这样碎片化的处理反而赋予读者更大的阐释空间,读者可以在不同条目之间划出无数个意义的网络,在里头自由穿梭和追踪。斯坦库斯的《闰年》是日记版的清单,提到了一些月份,却不按时间排列。从流水账式的随想里,我们隐约可以猜到"我"在某个闰年生过一场病,做过一场旅行,参加过一场葬礼,回忆过一首歌等。这份清单里重复最多的是句式"有的时候适合……",传达了记录者重整时间安排的冲动,与此并行的是诗人自己在空间中的走向:"我"要不要动?下一步要往哪里去?前方有什么在等待着"我"?这只是从斯坦库斯提供的碎片里理出的一点小头绪,不足以涵盖《闰年》林林总总的信息。斯坦库斯这首诗就像一份"原生态"的记录,让每个读者都有机会化身为侦探,进入他的文本世界,去窥伺、梳理、拼凑和建构记录者的人格和人生经验。

《立陶宛新生代诗选》书中有一小部分作品属于图像诗。高明的诗人在创作这类诗歌时总会让形式与意义产生一点互动,不至于陷入纯形式的游戏。瓦利奥尼斯的《吻:占卜的碎片》是一首排列有点凌乱的作品,似乎作者在模拟占卜用的骨头各种各样的形状,或者骨头被投掷出去后的散乱状态。这些占卜用的骨头上刻有划痕,很多划痕都有自己的故事。据此推测,吻能与占卜发生关联,是因为额头上的吻痕就像骨头上的兆纹,有自己的故事,都是对未来的预示。接着诗人展开他在《有一天也许最大的罪是不犯罪》中的意识流式的联想,追寻意象之间的偶然关联,兜兜转转,终于在诗歌末尾处给了我们一个答案:那个吻痕关乎城市的安危,军队在门外潜伏,恋人额头上的唇痕就是进攻的信号。但这条脉络中间有很多蔓生的枝节,还需要读者像占卜的巫师一样,在文字的碎骨里头更仔细地翻检和梳理。斯坦克维丘斯的诗歌《莫比乌斯圈》模仿"莫比乌斯圈"的结构(关于"莫比乌斯圈"这个词的说明,请见诗中注释),从"嘎吱的脚步声"起笔,最后落笔于"疼痛的双脚",从生命的家园转向死亡的游历再想象对家园的回归。起初,沥青是踩在旅行者的脚底下的,但他走在路上的时候,曾在脚底的东西总会移到自己的头顶,上下颠倒,所以,诗人在末尾才会说"云朵的泥块映在沥青的天空":沥青路变成了头顶的天空,而天上的云朵则沦为脚下的泥块。这与"莫比乌斯圈"的结构是有关系的。读者需要找一张示意图才能更好地理解诗人这些"莫名其妙"的表述,进而约略看懂诗人如何用"莫比乌斯圈"来比附他的人生经历。诺维拉斯在《X射线图》中靠诗行的布局再现了人体胸腔肋骨的结构图。人们通过X射线的扫描来了解自己身体的构造和病况,而这首诗的内容恰好涉及对自我的"扫描"。但诗里很多关于"我是谁"的表述显得十分混杂,似乎反映了这个时代的人对"自我"的看法:每个人的"自我"都是庞杂多面的,要找出共有的核心,殊为不易,甚至是否存在这种统摄所有面向的核心,也是值得怀疑的。诺维拉斯在《脊骨》中用"脊骨"这个词堆叠出了人类脊椎的形状,每块"椎骨"都或明或暗地连着一个与脊椎形状有关的意象。它们像"自我"各不相同的面向一样,组成并支撑起了身体的支柱。纳斯塔拉维丘斯在他的诗作《一个故事:关于过去、现在和其他不将存在的一切》中虽然没有模仿具体的事物形状,但几乎在所有诗节里都采用下短上长的直角梯形结构。这种结构像是把常见的梯形上下颠倒做出来的,不大稳定,给人摇摇欲坠的视觉效果。而诗歌里"我"创造的世界恰好是对现实秩序的颠覆。由诗节形式出发,就不难理解为何"我"在最后一节中说自己不想创作了,要回到原来的生活:"我"所虚构的艺术世界支撑不下去,难以为继了。

这部诗选里有一些作品通篇不用标点,或者只在局部使用标点,阅读感觉不同于那些中规中矩运用标点符号的作品。在这类"不规矩"的诗作里,有些用断行来替代标点符号,语法依然清晰,不会造成纷乱芜杂的效果。吉姆佐思卡斯的《引航》完全不用标点,但句子结构简单,主、谓、宾、状语排列分明。诗里的"爷爷"和"孙子",虽然一个在上,一个在下,但没有标点符号为界线,给人感觉他们在做同样性质的事情,配合默契,无缝对接。最后的结局"去往宇宙"(爷孙很可能都成为"圣人")印证了这一点,而"教会"依然驻守人间。这首诗里标点符号的缺席有助于提醒我们,爷孙两人,作为天堂的"引航员",并不是两相对立的形象。还有一些不用或少用标点的诗作在语法方面就没有那么清楚,有些词或短语既可归入上句,也可归入下句。比如,《土豆雕成的立陶宛》有一句诗:"我多希望能框住并挂起过去的一切善始善终。""过去的一切"既可作为"框住"和"挂起"的宾语,也是"善始善终"的主语。在德克兹尼斯的诗歌《那么远,那么远》中,"那么远那么远"出现了两次,它们究竟是副词还是形容词,归属前一句还是后一句,始终有点模糊。比如,第一处的"那么远那么远"是修饰"她"还是修饰"被扶起被摇晃",含义并不相同。如果修饰前者,意味着"她"离我很"远",如果修饰后者,说明"她"离我很近,需要抬"远"。这种模糊性增强了"我"与恋人之间既遥远又亲密的关系意味。德克兹尼斯的《在树桩上的那些礼拜》也没有使用标点符号,词句络绎相属,读起来给人喘不过气却又停不下来的感觉。从这个形式特点来看,诗人很可能想在这首诗里表达与时间的流逝相伴的生命经验的流动,以及自我与外部空间的界限的消融。布莱兹吉斯第二首题为《无题》的诗呈现了同样的文字特点。结合标点用法和文中关键词句来看，诗人似乎试图消解"天使"话语或理性话语里"边缘"的不正当性：生活没有边界，一步开外，别有洞天，哪有绝对的边缘、绝对的中心？句子边界的消失恰好服务于这首诗歌的主题。基于这一点，将该诗第二节的语气解读为反讽语气就顺理成章了。"抽象概念无名形式""本体论意义上"的风景、天使"深不可测的言语"都是作为鲜活的、感性的、当下的经验的对立面存在的。诗歌是这种经验的载体，而诗人称其为"破烂的玩意"有可能是一种反语。

　　这部诗集有些作品的措辞或布局显得随性任意或高深莫测，但如果从听觉效果的角度入手，或许能发现"意义"的迷踪：在这些地方，声音很可能就是全部"意义"的所在。金塔拉斯《斯德哥尔摩综合征》最怪异的表述就是对"底部底部底部"的不断重复。这首诗里的言说者很可能是一位被关入地牢惨遭奴役却对施虐者产生依赖和爱意的受虐者。"底部底部底部"也许是暗示受虐者被囚地牢之深或所受凌虐之重，但"底部"之间并未用"的"连接，似乎不能合理解释诗人的再三重复和强调。线索可能在于"底部底部底部"出现的诗行大多都有行走或奔跑的动作。将英译本里与"底部"对应的双音节词"bottom"多读几遍，会感觉诗人在模拟行走或奔跑时双脚轮流踏地的声音。当然，"bottom"确实会让人产生暗无天日、深幽可怖的联想，但接二连三的重复则与这个双音节词的声音效果有很大的关系。金塔拉斯的《放血》也是一首诗中奇葩。神灵或怪兽名单与神秘的击鼓放血仪式相互交替，进而引出换血的提议，有点费解。在英译本里，罗列神灵或怪兽之名的那几行诗每个名词前都附有"some"（译者翻译成"有"并根据汉语习惯加上合适的量词），读起来颇有节奏感，仿佛这些词语是伴着鼓点从敲鼓人嘴里念诵出来的，带着某种魔力，正是在这种魔力的作用下，罐里的血转成了黑色并被喷射了出来。《放血》这首诗的"声音"要大于"意义"，也许声音本身就是它最大的意义。

《我行走在你身体的荒漠——立陶宛新生代诗选》是一部二十世纪七八十年代出生的立陶宛诗人的作品选集。如果删掉极少数像《土豆雕成的立陶宛》这样明显指涉立陶宛国族身份和文化的诗作，并遮去一些诗篇里的地名和人名，中国读者恐怕很难断定这是欧洲哪个国家新生代作家的诗选。这些诗人大都倾向于以曲折隐晦的方式来回应本国的历史社会问题（如卡库斯的《盗版》和斯坦库斯的《斯巴达》、西蒙尼斯的《搪瓷锅》、布洛卡斯的《无题》）；他们更关注普通人的日常经验，像女性的自我认识等（如阿布卢提特的一些诗作）；他们将《圣经》典故移植到现代语境里（如艾利索思卡斯的《逃离诺亚方舟》、布莱兹吉斯的《约拿的忏悔书（四）》），改写古希腊、罗马和东北欧神话（如布莱兹吉斯的《赫克托》、斯坦克维丘斯的《瓦尔哈拉》）；他们关注其他大陆上人民的生存境遇或历史问题（如卡库斯的《墨西哥之歌》、吉姆佐思卡斯的《小心，波卡洪塔斯!》）；他们善于借鉴别国的文化资源或语言艺术形式（如西蒙尼斯的《七言碎片》、瓦利乌卡斯的《俳句》）；他们创造了一个个光怪陆离、令人叹为观止的寓言世界（如诺维拉斯的《秋天的演习》、佩特罗修斯的《小公牛祭品》、扎格拉卡利特的《我为什么停止写作》、卡兹琉奈特的《弥诺陶洛斯的假日》）。这些七〇后、八〇后的立陶宛诗人摆脱空大的社会政治话语，基于日常经验写作，又不乏世界主义的眼光，作品富有内涵，注重艺术表达技巧和形式感，但有时不免过于晦涩，"烧脑""虐神经"，几乎到了拒绝被人阅读的地步。希望前述的方法和分析能对读者阅读和欣赏这些诗人的作品，窥见"意义"的蛛丝马迹有一定的帮助。

阿纳斯·艾利索思卡斯（1970— ）

阿纳斯·艾利索思卡斯（1970— ），诗人、文学评论者。他曾在维尔纽斯大学修习过语文学，在立陶宛音乐戏剧学院研究过戏剧批评。目前，他是立陶宛作家协会出版社的编辑。他创作过数个剧本，曾在立陶宛剧院公演。此外，还曾为纪录片电影《总统瓦尔达斯·阿达姆库斯》撰写过脚本。在拉丁文化节上演出的诗剧《未燃的城市》正是基于他的文本而作。他出版过两本诗集：《上发条的王国》（1996）和《X光照片集》（被选为2007年最有创意图书）。他的作品被编入各种选集，并翻译成英语、芬兰语、瑞典语等语言。

土豆雕成的立陶宛*

白鹳①满身是血地飞回来,但仍是可喜的景象
讣闻和丧生意外晚点到来,终究是好征兆
将临的十一月退去了,慢下来了,犹如心跳
此时红白两色搭配得恰到好处,在波兰国旗上②

像孤独和疾病,像疯癫和戏谑一样,③ 有些人
聚不拢自己的思想,只好聚拢他人的面孔④
全是为了派发礼拜日的思想在漂亮的花瓶中
百合花因你⑤的意志而枯萎但因神恩

你的信仰也枯萎了,在爆裂声在闷燃中解体

---

* 土豆是立陶宛人喜欢的一种主食,常用于烹饪各种菜肴。
① 白鹳为立陶宛的国鸟。
② 波兰国旗为红白两色,白在上,红在下。白鹳沾满鲜血,令该诗的叙说者想起波兰国旗。
③ "红"与"白"、"孤独"与"疾病"、"疯癫"与"戏谑"经常是成对出现的。
④ 在英译本里,"聚拢"的英文为"herd"。这个词不仅有"汇聚""汇集"的意思,还有"放牧"的意思。"聚拢他人的面孔"指神父召集教众做礼拜、布道。在英语里,"面孔"(face 或 faces)与"信仰"(faith)发音相近。
⑤ 这里以及下面几节的"你"都指代立陶宛。

一张白纸提醒你其他什么都没发生过
只要你能从刚刚起飞的飞机上看到自身
你就会看到一个黑轮廓,接着连影子也消失①

当机械的公鸡啼唱时一位兄弟②现出了身影
像母亲的奶水喷射进诱人的黑夜里
古罗马帝国的本地向导③很快露出了原形
随同那用以润滑我双脚间隙的植物油④

我多希望能框住并挂起过去的一切善始善终
因为记忆会折断像苹果承受不了自身的重力
小鸡会返回宽度和高度都合适的窝里

---

  ① 这两行诗暗示立陶宛国土之小,飞机刚起飞没多久,就能飞出立陶宛的领土。"黑轮廓"即立陶宛的边境线。
  ② "兄弟"可能指立陶宛的传统盟友波兰,更可能指曾帮助立陶宛独立的德国。"当机械的公鸡啼唱时"的意思是人类进入机器文明时代以后。
  ③ "古罗马帝国的本地向导"极可能指俄罗斯(俄罗斯人自称是罗马帝国的继承者)。
  ④ "植物油"可能指石油。"双脚间隙"可能指汽车油门。

而我们①只会分开如同蜗牛脱离外壳前行

篱笆湖泊和奶牛在你的视野里融合
当罗盘变成了延伸地平线的尺子时②
鲜血被啜饮来庆贺迄今从未出现的一切

我知道：在立陶宛，苍鹭③仍被偷偷地献祭。

---

① "我们"可能指"我"与立陶宛（立陶宛的历史负担或历史记忆里的立陶宛）。

② 就语法功能而言，"当罗盘变成了延伸地平线的尺子时"更像前一句话的状语从句。当立陶宛靠着罗盘拓展自己的地平线时，原先土地上的景物自然会越变越小，在她的视野里融合。

③ "苍鹭"和第一行的"白鹳"指同一事物。在这首诗里，"白鹳"或"苍鹭"带有殉道士的意味。

传染病科

最令人作呕的是破晓时分，六点前某个时候——
像手术刀慢慢划开你的眼睛——
灯打开了——
四支嗡嗡响的灯管，有着手术病房的惨白，
被奇怪地称作日光，
配着一盏大灯，紫色的——那是石英灯，
在一群半睡半裸的孩子身上，操作程序开始启动：
体温检测完后，
孩子们便被送到带编号的床用便盆上，
他们站起身，吃力地往前走，
甩掉带编号的过大的拖鞋，他们坐了上去，
半眯眼，打呵欠，噗噗作响地
排出稀便，各个抱着肚子，呻吟着，扭动着
情形就是这样——五岁儿童的痢疾课程①
看着就像一部恐怖电影
电影里的演员——一群赤裸裸的雏鸟

---

① 这首诗可能是诗人观看传染病房里儿童真实生活的视频而作。视频中的儿童是真实病人，而非演员。

不是在巢中，而是在冰冷的搪瓷便盆上孵化，
所有头都一样，不知何故有点大，
他们的姿势——像帕克的鸟儿
他们坐在那里，瞅着彼此，什么都不瞅，瞅着一个点，
瞅着很多点
心里害怕地想：明天是我们这个区的淋浴时间
俄罗斯勤杂工拧开的热水总能把人烫伤
上礼拜修剪那个小不点的指甲
她把指甲根处的外皮削下来了，忙不迭地倒酒精消毒
哎，两人都号得
多凄惨

但如果检测结果良好，而且没有发烧
妈妈礼拜六就会来吧
如果医生心情不错的话
他们会放我进城，逛上几个钟头——
那就足够了——
我们会开车过河，去商场
那里有能移动的梯子

升到
医院、维尔纽斯、车站的上空,甚至更高的地方

我们会按时回来

逃离诺亚方舟

在我们站立的地方,人的脚印被海水淹没
连路途的中点都未抵达——我记得一场暴风雪①
没有雪,没有存在的意义或结构
或理由——就这样我们开始喘着粗气说……

开口变得困难,我们的话语开始重复
像处于恐惧或信仰,饥饿或口渴时那样
当时,你问我是否还记得那只带翼的生灵
如何飞入玻璃,多么优雅,我们知道它的拉丁文名

是"斐尔可"②——我记得这一切。这将是我们最后
讲述的故事,不是因为我们需要忍耐或延长黑夜
而是需要回到岸边,他们曾在那里跳舞、饮宴
与嘴里哼哼叫的女人做爱,向她们求婚——

那里,男人只是出于惯性才会说——跟我在一起——

---

① 诗人将诺亚方舟故事里的降雨改为"暴风雪"。
② "猎鹰"的意思。在诺亚方舟故事里,飞回方舟的是鸽子,诗人改成了立陶宛常见的猎鹰。

那里,孩子从颤抖女人的膝盖间滑落,
那里,悲惨的松树曳着被痛风所累的根
从你脚下的土地融入那一片天空,

那里,戴金耳环的肥猪在嚎叫声里分享美味
那景象,那声响,那身体都与你的脑袋不相匹配

礼拜日。两点钟。一辆公交车。首都,工作。开始神志清楚。
叹息。路旁。冬天在立陶宛结束。温暖的二月。①

---

① 最后两行可能描述这首诗里内心独白所发生的时间、地点。

妈妈,把球扔给我

长到二十九岁,你①明白
葡萄藤②已被割断了,你培育三十年
的葡萄藤
对生孩子的恐惧——对有了孩子的恐惧
你片刻都不想生养孩子
不想从床上惊险地跳下去
不想做两段这样的梦——
第一段:
改造工程吞噬了祖父母的家园
人们已带着财物离开了,
荒草吞没了散落在院子里的瓦砾,
驼鹿艰难地穿过森林的灌木丛,
通过窗户,它们望向家里,
掉下婴儿的眼泪

---

① 指这首诗的叙说者,而非"妈妈"。
② 象征一个人与其先人的血脉关联。在母亲肚里受孕成胎时,这种关联就已形成。

第二段:
童年的家
共青街第十三号
四单元,没有灯光,没有声音,也没有影子,
我站在窗户底下,扯着嘶哑的嗓子喊了三十年:
妈妈,把球扔给我。

两位圣徒：爱怀疑的托马斯*

于是，就在两千年前，
我第一次从自己的牙缝里挤出这句话：
"我不相信"，
于是，就在两千年前——
他叹了一口气，不是头一回了——
又是一个。
要信我，他说，摸摸看吧。
他举起了他那件血衣。
就这样开始了。
永无终结。
从那天起，我的手指戳遍了所有的洞——
毛骨悚然的伤口，头颅里正在腐烂的窟窿，
椎骨里的大洞，
蜗牛壳，鼹鼠窝，
花园里新鲜的大蒜丛和剑兰丛，

---

* "爱怀疑的托马斯"是耶稣的十二门徒之一。耶稣被钉死于十字架上又复活后，托马斯始终不肯相信这一事实。直到他见到耶稣被钉在十字架上留下的伤口后，这才相信耶稣真的复活了。标题中的"两位圣徒"指托马斯和该诗里的叙说者。

被张开的产犊的母牛，
被张开的女人，
钥匙孔，开裂的鞋，撕破的袜，
苹果里的虫道，
堵塞和不堵塞的马桶，
我牙齿里的蛀洞，
祖父被癌细胞掏空的肺，
外祖父的胃，
隐士的洞穴，
针尾的孔眼，被挤出奶的椰子，
墙上悬挂圣徒像的缝隙，
冬大衣的袖筒，
梦里正在逼近的恶狗吐着泡沫的嘴……

这么多年过去了——我一直坚信。
这么多年过去了；从那天起，这些口子都一直在淌血。

达利厄斯·西蒙尼斯（1970—　）

达利厄斯·西蒙尼斯（1970—　），诗人、散文家和文学评论者。他毕业于维尔纽斯大学立陶宛语言文学专业。西蒙尼斯曾是一家翻译事务所业主，当过公司经理，还曾进入公共关系领域，当过新闻工作者，甚至当过砌砖工人。目前，他侨居在国外。1997年西蒙尼斯携诗集《群》首次亮相诗坛，2001年发表了一部有争议的文集《竿》。他曾被授予1997年德拉斯基宁凯诗歌之秋最佳新人奖。西蒙尼斯的第二本书以趣味、新颖和怪异见长，可以说见证了立陶宛文学在反叛中复苏的过程。

赤脚诗人踩踏哥伦比亚大学模型

[出自《诗人身上的纽约（三组诗）》之二]

什么也没发生！

我曾以为林荫大道是舒适的地方，
在那里，可以摧毁玻璃们的梦想，
可以写下一页又一页的树——
但那地方其实更适合石头修行者。

我曾希望步入老年以后，
一把镰刀还会剩下半把，
天上那些正在密谋的吗啡上瘾者
会邀请我去听他们胡言乱语。

但什么也没发生！

所以，我要让心肠坚硬起来——
让骆驼去细细啃咬
书籍的干草
和十二块刻有律法、生苔的石版。

我将光着脚狠狠地踢
这座虚假的建筑①,
直至玛戈王后
都无法压制她如火山般的性情。

有多少惊人的变化将要发生!

太阳,女孩子的心,
将慢慢晒干苦行者身上的血液——
一块石头②将在她身上放下一枚戒指,
用爱的矿物质把它牢牢固定。

大学里头发灰白的学监
可以夜夜折磨自己,
透过锁眼

---

① 指哥伦比亚大学的模型。
② 当"女孩子的心"把苦行者身上的血液晒干时,他就变成了"一块石头"。

偷窥房里的一切。

没有人会记得。

今天,没有人会记得
昨天发生了什么,
明天,也没有人记得
今天发生了什么。

但有谁需要呢?有什么要紧的——
那就是蝴蝶幸福的方式,
只维持一
日。

别害怕。

别害怕生命太短——
反正生命不会变得更长。
那些即使被承诺多活一天的人

也活不到那个时候。

如果有人问，为什么这么无所谓，
　　　　　　　　　　　　不在意，
　　　　　　　　　　　有人情味，
就把一切都算到我头上吧。
他们没法把我的骨灰烧上
两回。

搪瓷锅

今年五月将降下如雪的羽毛。
轻盈的绒毛会四处飘散,
夜里不会有人割断
议会大厦旁窃贼的手指。

我将开口言说,而聆听的是他们:
那些无法弥补天空的人;
无上的主用片语就封住了
那个饿得要说话的洞口。

也许他会让那些人藏身
在古老的野蜜蜂①群里,
远远地看着他们谁都无法
反刍肚里那两个奥卜尔②。

---

① 依据《圣经》里的说法,野蜜蜂常把蜂蜜藏在树林和石头缝隙里。大力士参孙杀死一头狮子,扔在地上就前往别的地方。他回来后发现狮子只剩下一副骨骼,他从中找到了野蜜蜂储藏的蜂蜜。
② 欧洲从前使用的小硬币,此处表示金额极小。

我将开口言说，而聆听的是他们：
那些蜕去鳞状皮肤的人；
直到无上的主用片语封住了
我口中的无数搪瓷锅①。

---

① 在该诗里很可能象征着基本的生存需求。"我"为他人言说，所以，"我"的口里有无数"搪瓷锅"。

七言碎片[*]

渔夫的小艇划了上来：——你今天抓到了什么？
一瓶芝麻油。
关东①的古老青蛙正呱呱叫——种药人开始
发愁：它们正从我的悬铃木上偷盗花粉。
我正从另一侧②描画瀑布。当我蹚过
那片浅滩时，我的画笔凝固了——我蹚到诗歌那里了。
快离开这里，我会离开的，但只知道一条路——
那是不会变通、难以驯服的天鹅迁徙的路径。
我们总是一起迎接曙光——我和狗，我的老友。
结果却是，曙光总是没法把我们分辨。
我潜入霜沉③森林——不久前我曾看到两只
狐狸正啃咬着月亮的脸。
长久以来，我在沙沙作响的书页中寻找着
青春不老的神药——我有没有找到？

---

* 原文为"Mosaic from the Characters of Qi Ge"。"Qi Ge"应为"七个"的拼音。"the Characters of Qi Ge"当指七言诗。不过，须指出的是，下文诗人引用的王维诗句却属于五言体。
① 原文为"Kwantung"，应指文明悠久深厚的中原地区。
② 应指文化意义上的"另一侧"。
③ 原文为"Suanchen"，不明其所指，故音译为"霜沉"。

从今往后,我只饮茶。
我坐在凉棚里——多么扭曲的支柱和架子,
被向日葵的毒黄金拉扯而变得歪斜。
我转入葡萄酒,专注地观察需要多长时间
我和李白才能送走杜甫。
我送信走时,总是叫云光·库尔干①把它寄到
我朋友手里,但它总被困在附近的
邮局里。
你听到了吗——我模仿的"七言"正在向我们划来。但……
船桨脱落,鸣蝉受惊,顿时警觉起来。我不得不
将一切推倒重写。
在冬季里,我将郁金香的花苞放在最显眼的地方。
据说用这种方式,就能从南方引来
好消息到我们的山谷里。
昨日在门口,我告诉你我已故的亲戚
凤凰和麻雀,而明天我就将跑过
宫殿的大厅,向皇帝的厨师们鞠躬致敬。

---

① 原文为"Yunguang Kurgan",可能是诗人虚构的人物。

诗歌毁了他——他闭着眼睛从悬崖跳下，
深信他在王维的"艺术秘密"插图下读到的
那条注释："悠然远山暮，独向白云归"。
那个浣洗旧亚麻的人再次从河边带回
数十个擦洗干净的汉字——我用它们拼成了
这个小碎片。

被喷泉淋湿了

(出自《灵歌组曲》)

出于对加西亚·洛尔迦的羡妒

头发被喷泉淋湿了
在擦拭她的黑发时
我放出了我的蝴蝶
保护她的肩不受热浪侵袭

蝶儿保护她的肩不受热浪侵袭
却不敢停落在她的腰间
蝶儿往她的颈后抖落身上
百合赐予的花粉如抖落金粉

唱片在留声机上颤抖
夜幕降临时空气在震颤
似乎在昭示一切皆有可能
发夹掉落到床上

那个坠子装有沉溺男子①的宝石
以玫瑰和马蹄铁为幸运的标志②
她的痣隐身在坠子底下
它需要一片摘自别处的花瓣③

她的吻像是在点数车前草的叶脉
像是棕榈叶对葵花的覆盖
像是由蚱蜢的触须传递而来
像是巫女披发相迎

这些就是她的吻哦神啊
你们那些在宣礼塔上的人
还有穿透大理石的风
来吧让我离开这个地方

---

① 可能指那些曾被这女子征服、给她赠送宝石的男子。
② 这个坠子画有或雕有马蹄和玫瑰的图案（马蹄环绕在玫瑰四周）。
③ 指坠子上的玫瑰装饰或图案。

岸边的甜蜜情侣

(出自《灵歌组曲》)

一对甜蜜的情侣在岸边
闪着仙女座乳白色的光:
男孩的鞋有着美妙的光泽,
女孩干净得犹如芬芳的丝绸。

他们沿着河边窃窃私语,
身形向水里的倒影微倾:
男孩为她咀嚼着什么东西,
女孩为他抹上了口红。

两颗头颅凑在一起耳语,
他们伸出的手寻找着满足:
他们呼喊的心向外宣告自己,
却有一块石头沉默地坐在岸边。

他们在遮阳伞下喝雨水,

薰衣草香的帆布①变得松弛：
夭折②的灿烂阳光回来了
照在她的肚子上。

他们玩着愚蠢的青春游戏，
谈情说爱——不是他们的特长。
但是，一头大象会从一只耳朵
爬出来，告诉他们真相。

---

① 暗指避孕套，与前一行的"遮阳伞"相呼应。
② 有"堕胎"之意。

尼林加·阿布卢提特(1972—)

尼林加·阿布卢提特(1972—),诗人。她曾将有争议的诗歌主题和写作风格引入立陶宛诗歌。她诗歌的突出特色是独具匠心的句法实验,曾借此创造出新奇的节奏、声调和多重阅读方式。阿布卢提特曾在维尔纽斯大学修习立陶宛语言文学,当过编辑和教师。她出版过三部诗集:《天堂的秋天》(1995)、《告白》(1997)和《尼林加之年》(2003)。评论家曾将阿布卢提特的诗歌形容为:开放、有特色、现代,对亲昵情感的表现有时过于露骨。阿布卢提特现居丹麦。

梦

我有过一些梦　　一个梦：我在梦里娶了自己的母亲
我变成男的我以为搞错了我是母亲的
　　　　孩子怎么能
和她生孩子于是我打电话给我孩提时的
　　　　朋友问他们如果她做我的新娘是否意味着
　　　　这一切都是梦这说明不了什么
就像她变成一件白色婚纱时一样
这场梦一开始我就穿着黑西装
　　　　和蓝衬衫
衬衫是我丈夫的我清楚地记得我在那场
　　　　梦里
然后我什么都记不得了　　　所有那些梦都
　　　　来自何处
比如在上一场睡梦里我与我的父亲做了
　　　　一件事　　　我的那些梦
在地狱的梦幻天堂里我天上的
　　　　父亲入睡后我梦见
天空以极快的速度塌陷要去我的性命

做够了,你自己,早就

做够了,你自己,早就
也许,在何处,不知何故,不是,你自己,
一点,一点,它,定型了,
你,想要,什么?这个,或别的,好吧!
你,并不,想要,不会,得到,它,
什么,都想要,一点,
成功,一,天,就得到
强大,欲望的,残余。
我,并不,知道,是否,我,学会,如何,写作,
我的,无穷尽的,天真,已不在,
也许,是爱,但,不像,那么,一回事,
诗歌,是,缺乏的,东西吗?
那么,你的,名字,成文的,
一切,极其,真实,
或许,它们,有时候,会大笑?
谁,知道,我的,历史,但是,
故事,如今,早已,完结,因为,
没有,人,会从,任何,成文的,东西,
会从,最终,属于,我的,东西,

得到，启发，文辞，只想要，睡觉，
做够了，你自己，早就
我，需要，
去，睡觉，这样，有人，
会，把我，重新，打开

因为爱

我最缺的东西是智力——
不缺直觉，一点不缺与更聪明的人
打交道的勇气、天真和激情——
此外，我非常喜欢一样东西——那是什么呢？
肆无忌惮——你海绿色的眼睛，
我变得更加肆无忌惮——不是逐日——而是随时：
像米雷耶·马蒂厄①那样漂亮，
却像男人一样充满激情
她不是男人，这是好事
但我想爱上她，我想做一个男人——
也许终究是好事，我们不是：男人。

---

① 米雷耶·马蒂厄（1947—　），法国歌手，代表作有《爱的信条》等。

无 题

当然了,我熟悉我想要留守的这个国家:
我知道那里的语言,出生在那里,朋友大多生活在那里,
我的书在那里,以及各种来自童年的笔记本,
沙滩和森林——我想说:一切——

在那里,那个国家——我会染上严重到无法治愈的
疾病,在那个国家——人人口袋里并不总有立特①,
那个国家——
生活着一群品质不佳、无趣透顶的人,
这样的国家——无论谁生活在那里,他都是英雄!

---

① 立陶宛改用欧元前的货币。

盗　窃

车站：行李箱——大包——小包——相互看顾，
　　倚靠——
谁会相信它们聚团抱堆，什么都没看见？
　　它们都
准备从布鲁塞尔前往塞萨洛尼基①。数米
　　之外，我们
两个沉重的行李箱正伫立等候，连同一只灰背包，
　　一台打字机——
只离其他同伴两米远——谁会想到其中一个
　　手提箱
竟没有向我们呼唤，竟没有用它的大肚腩捍卫属于
　　我们的东西，竟没有以凌人的气势逼近欧盟
　　的重镇——欧洲
在一个巨大的行李箱上！也许有人一路尾随我们
　　到了咖啡馆？——
没有，我好像从出租车上取了下来，就在眼前！行李箱！
　　它去了哪里？

---

① 希腊北部最大港市。

你慢慢接受了这些事实，开始记起你在里头
　　放了什么……
因何命数才会失去那些东西？
唉………………………………………………………
一些不是全新的内裤、衬衫——把它们抛出你的
　　脑海！
手机充电器——那也无妨！
《同性恋的历史》，你刚开始翻阅，在巴黎
买的，五十法郎——下一次我会好好阅读。还有一份软盘，
装着从斯洛文尼亚语翻译的《布莱恩·莫泽蒂克①诗集》——
如果这还算不上真正的失窃，那么，斯洛文尼亚诗人
塔加·克兰贝格②的照片和各种家用小物件呢？——
你还会想到别的东西！还有什么呢？不是有一个
小小的金属器具——一个把蜗牛从壳里夹出来的工具？

---

①　布莱恩·莫泽蒂克（1968—　），斯洛文尼亚诗人，以写同性恋爱情的诗歌出名。
②　塔加·克兰贝格（1970—　），诗人、历史人类学家。

(我们从圣日耳曼德佩①的一家希腊酒馆顺走
的纪念品,感觉吃蜗牛的人配得上这样的礼物。)
有的!就因为这个原因,我们必须保持绝对的
诚实?我们只是拿了挖蜗牛肉的工具。现在,你们终于
可以得出一个慎重的结论了:——上帝的工具——窃贼的
那双长手……………………………………………………
上帝行事的方式——我们的窃贼——不为人知的窃贼。

---

① 巴黎第六区的一个地方。

劳瑞纳斯·卡库斯（1972—　）

　　劳瑞纳斯·卡库斯（1972—　），诗人、译者、散文家、文学史家。他曾在维尔纽斯大学修习立陶宛语，在莱比锡大学修习德国文学和比较文学，后来从事自由撰稿和翻译工作，已经出版三部诗集：《声音，笔记》（1998）、《潜水课》（2003）、《在七条街外》（2009）。散文集《地下室和其他散文》于2011年面世，首部小说《移动的影子》则于2012年出版。卡库斯从德语翻译过彼得·汉德克和沃尔特·本杰明的作品，从英语翻译过苏珊·桑塔格和埃特加·凯雷特的作品。他翻译的诗歌已在美国、德国、斯洛文尼亚、波兰和拉脱维亚出版。

就这样我活着

就这样我活着,与蛛网和无花果树
词典、漫画书和一颗叩打
夜之边缘的心一起活着

我活着,与包裹和电子邮件
普鲁士和佐瑞纳斯①,月光和葡萄酒
空气冷去时变慢的呼吸一起活着

我与雕像和诗人交谈
我喜欢他们,我不能忍受他们
在梦里把辅音发得太清晰②

我修剪指甲,修理淋浴喷头
忏悔并变得沉默,开车出去
因为没有人命令我这么做

---

① 维尔纽斯城的一块区域,三面环河,为政府和教育机构、金融保险公司、卫生保健机构所在地。
② 一个人若是在梦里把辅音都发得很清晰,这说明他是极为严谨、理性之人。

在外头积雪融化的土地上
我看到一只野兔正蹲在矮林里
便让它潜入我的意识

我跳啊，跳啊，击打着什么，然后僵住了——
周围的一切多么湿漉漉
地球的上空多么雾蒙蒙

被罕见的空间覆盖着，
聆听着我愈发强烈的心跳。

詹妮姨妈

詹妮姨妈的身影曾从一张排球队照片中升起。
她算术永远不会犯错。
她曾用心默记德语。

她经常在打字机上敲打着什么。
詹妮姨妈翻过屋顶,从士兵手里逃脱。
她落单的丈夫衬衫着火,奔跑着穿过树林。
他们用她给他的《圣经》追到了他。

詹妮姨妈回来了,继续生活。别无他法。
根据我表亲的说法
詹妮姨妈喜欢谜语和墓碑上的铭文。

当芬芳的油从我的前额流下时①,
一枚闪亮的卢布从她手里掉进我的口袋里。
后来,远方的亲戚偷走了詹妮姨妈的记忆。
为了报复他们,她开始胡言乱语,然后消失了。

---

① 指一种宗教仪式。

她如今躺在那里,被送回自己的故乡。
我们不知道该怎么办,一直在哭喊。

盗 版

八十年代他在公路后头租了一套公寓。

他睡在破旧毯子底下,那毯子是飘落
    在海边沙堆上的雪花编成的①。

橱柜的架子上沉甸甸地堆着显示器、处理器、
    软盘和光盘。

他的身体泛着铅色,眼睑后头只有浑浊的眼球
    偶尔转动的飕飕声。

成串的数字,闪灯,各种各样的指挥动作:
    这些便是电路板在黑暗中的私语。

超负荷、声音刺耳、感染病毒,它们正遭受残酷的奴役。

在城市里,每分每秒都有野蛮之手触摸着它们。

---

① 这两行诗暗示"他"曾经的身份是海边的渔民。

只有你能拯救我们,维吉斯①,主机板说,为自由割开一扇窗户,

为何你,只有你突然挂断电话,扔下话筒,难道因为人们
　　　　　不再理解你所说的话?

你使用的是不同的语言。

快来我们这里。你将是最灵活、最完美的运算系统!

在这个从不会冻结的系统里,不存在什么疲倦、
　　　　　饥饿和色情网站!

这里,各种可能转念之间就会出现,这里唯有色彩和速度,
　　　　　维吉斯,我们会相守相依,一直到头!

---

　①　应当指的是一种运算或操作系统。同一行诗里的"我们"指的是正在进行非法复制工作的"电路板"或者计算机零件。

峭壁之上,月亮的橙色仪表①正在下跌。
　　　　　长椅上的位子很快就会被这些人占用:

嗑葵花子的人,平日里常冲妻子嚷嚷的建筑工人,
　　　　双手洗得惨白的妻子②。

当无轨电车冲出圆环交叉路口时,电线会摇荡并迸出火花。

一个煮熟的鸡蛋正在厨房里等着你③,壁壳裂开了,里头
　　　　空洞洞,不见一个零件。

---

① 从事生产工作的人员常会用到的仪器之一。
② 这些人就像那些"正遭受残酷的奴役"的计算机零件。
③ "你"可能指从事零件组装的工人,也可能指前文里提到的盗版行业的从业人员。

墨西哥之歌

这里天暗得太快了——几乎没时间多抽两口烟。
在平屋顶上面,各个脸庞闪着新洗衣物的光泽。
汗水、血液、泥浆和眼泪已经往下
流入疲惫的隧道,昨日的地底下。
此时,高抬的白衣袖迎接墨西哥的曙光。

我在抽着烟。我想起印第安人和有钱人,
想起我在这个尘埃弥漫的星系中游荡过的地方。
多么热闹的吸食毒品的场所!多么热闹的
婚庆或圣徒纪念日!戴着漂亮的
天鹅绒阔边帽,吹着小号,唱着歌。
是的,一个人有必要表明他还活着,
他很开心。

*如果他们允许,我们会爱着彼此,一生一世……*①

---

① 原文为西班牙语。这句歌词出自歌曲《如果他们允许》。

我在攀爬螺旋楼梯时曾哼唱的歌曲。
我去闹市区,去废弃的寺庙,
去海边时会穿的衣服。
我的衣服破了,将落入捡拾碎布、敲响黎明之钟的人手中。
这也是我来到宝座前会穿的衣服(皮肤,只有皮肤)①,
我拖着怒气筑成的腿,挺着爱意筑成的背。

焰火已经渐渐熄灭了。
只有在山坡上,冒着可怜浓烟的小屋
像在波浪间起伏的浮游物,
同时,看不见的公路上八个车道在持续喘息着。

我的脑袋眩晕了。来自烟草。黑暗。我自己,
最大的毒品。
我是夜晚。我是烟。我什么也不是。一颗星,
        落入山谷里。

---

① 这两行诗的意思是:"我"的"衣服"可以被下层人(代表人物是前一行诗里捡破烂的人)再利用,也同样适宜展现在上层阶级(其象征为"宝座")面前。

迁　移*

从电梯到小车之间的节日游行，参加者
有照片簿、珠宝盒、花盆、花瓶
和地毯。今天，我们一起庆祝
两名病人的慢性病——

病症是回荡的脚步声，放大的瞳孔，
以意想不到的方式混合的梦。只有一种疗法：
就是将激情移往——用根须①，不用麻醉——
另一个地址的土地②。

一捆捆书，绑着印有"止步"的警用胶带，
北方的酸葡萄。你将在闪闪发光的
圆顶下品尝葡萄的果肉和果核③，
直到灵光突现：不是来了孩子就是昏了过去。

---

* 这首诗，从表面上看，似乎与一次搬家经历有关，可若是将诗里众多意象加以整合，会发现诗人是在暗示一对恋人将做爱场所由室内迁移到车里的经历。
① 隐射人的生理器官。
② 给人的感觉是这对恋人要搬迁到别处，其实并非如此。
③ 品尝果子常被用作性爱的隐喻。

小车的后备厢持续震颤着。

剪短寸的儿童抱着一颗竞技世界里的足球。
透过窗户,一家人兴致勃勃地观察着
铁青色的交合的云朵。锁扣咔嗒扣上了,
像被劈开的木头,但你潜意识里忘记了手套,
于是,外移①延迟了几分钟。

在高高的楼上,电梯里的波斯地毯,
透明的墙壁,没有锁的门:
我想说——让我们躺到世代更替的床上吧②,
让我们交换杆菌,这对他人无害,
直到阁楼上,鸽子的白骨架③开始咕咕叫!

---

① 原表示向外地或外国迁居,这里被赋予了性行为的含义。前一行的"手套"自然不是指戴在手上的保护套。
② 言外之意是人类的更替是在床上发生的。
③ 在西方绘画中,天使给圣母报喜时,常会伴着白鸽。但在诗人笔下,给这对恋人带来喜讯的,却是只剩白骨的鸽子。

维塔斯·德克兹尼斯（1972— ）

维塔斯·德克兹尼斯（1972— ），诗人、译者。他曾在维尔纽斯大学获得哲学学士和硕士学位，在立陶宛社会科学院波兰哲学社会学所获得博士学位。目前唯一一部作品《例外》出版于2005年，曾获约特文基人青年奖。他翻译诗歌、散文和随笔，源语主要为波兰语、乌克兰语和其他中东欧语言（他已经翻译过二十多部作品，在文学文化类报刊上发表过大量文字）。

酗酒者

北极星亮了,是时候
把自己灌醉了。门关上了,
门后抵着泥地上的一把椅子,一个罐子。我们什么
都喝,飘忽忽地沿着电线,沿着烟囱①,
走到卖私酒的地方,飘忽忽地
返回家中。第三天我们
卖掉烤盘,只留下了
火炉烟囱,我们告诉他我们
缺什么,我们喝伊普尔毒气②,还提到了
那个战场。第五天
他们切断了电源。瓦克洛瓦斯③鼓捣了一通——
于是,又有了灯光。第九天
我们卖掉了灯丝,
买来了玫瑰水,如今我们
散发着玫瑰水的香味。房间

---

① "电线"和"烟囱"都代表着维持生命的基本条件。
② 伊普尔位于比利时西部地区。第一次世界大战期间,德军在此施放大量氯气来对抗协约国军队。这是战争史上首次大规模使用化学战剂。
③ 其中一位酗酒者。

在这段时间大了一倍，
东西都消失了，它们①的
声音便从上头传来，这实在
离奇得很。第十天
家里的狗挣脱了，跑开了，
沿着电线。如今它在守护着动物收容所。
真正的地狱，那条狗现在有了三个头。
在市场上，狗肉的交易早已关停。
我们拆开屋顶。黑夜还在继续。
我们只能喝自制的胶水了。

---

① 指的是家里的东西，而非楼上的邻居。前文的"火炉烟囱""泥地"暗示"我们"住的是平顶房。

那么远,那么远

我不知道自己陷在了哪里
脸庞、声音或气味
现在我正坐着,向前俯身
唱着一首无聊的歌
她那时正接听电话,火星飞溅
你好,她的声音闪耀着光彩
于是我便陶醉得忘乎所以
接着她又在浴缸里火星飞溅
站在那里站在那里照着镜子
接着砰的一声!她的身体撞到地板上
心惊肉跳,无比美丽她需要被扶起被摇晃
那么远那么远只是她的肚皮无意间露了出来
白皙美丽如太阳一般
此时她坐在厨房里
而我一脸惊奇地站立着
那么远那么远触手可及我却没有手①

---

① 所以她才显得"那么远"。不过,"那么远"也可能修饰前一行的"站立"。诗人有意打破句子的界限,模糊词语之间的修饰关系。前几行的"那么远那么远"也具有这种模糊性。

我没法嵌入这个小画面里
还是去散步吧。

玻 璃

（出自组诗《来自我爱人的传记》）

我的爱人不睡觉——她总在编织
她一路穿过森林那边的
七座城市，她采购食物或葡萄酒时
会说不同的语言，她阅读，打扫，
休息，跟她所爱的人做爱
跟她不爱的人做爱，她移交钥匙
回家，躺倒，沐浴
她直言不讳，爱开玩笑。我熟悉
几门语言其他一切对我来说都是秘密。
她在密密匝匝的孔眼里穿行①而我的
耳朵附在断线的贝壳②上，海洋
不是那根我通话的电线
不是那根能自我延伸的电线
文字不是那根像闪电一样
直冲自己的目标轰鸣的电线。在玻璃

---

① 这里的"孔眼"指一块布上头用于系绳索或挂钩的金属圈。在孔眼里穿行是对她忙于家务的日常生活的提炼。
② 以及接下来几行的意象可能暗示"我"与"爱人"之间沟通的障碍。

房间里我的爱人编织着玻璃
夜色里到处都有玻璃棒
我们被玻璃棒夹着吞食①
我将继续描写她编织的动作

---

① "玻璃棒"可能指家里的灯管。诗人可能把"夜"比成吞食人的怪兽。

遗忘的机械结构

我的爱人此时是个小马达
每天早上都会自动开启开到
死人之城——那是村民们
带着一整家人去视察塑料容器①的
地方她挤进人群
挤出一点笑容主动
减价她对什么东西都了解：如何
哄它们上床让它们穿衣开口说话
这样就不会冻僵她将用来擦拭的
东西浸泡在水里她的预言很快
将自动实现她将会寻找到诉说
或一同沉默或歌唱的对象她将会
寻找到安宁，而此时对我来说街道
并无二样窗帘洗得褪色
破旧。不同的机械装置
驱动着我们甚至我们喜欢不同的
电影我们沿着自己的道路悄悄

---

① 应指装有货品的塑料容器。

溜到北方溜到雪地溜到冰天
有些时候我就想打乱
事物的秩序对抗潮流
逆风潮而动在受审判前
就飞跃而起。血液
再次流动,水再次
澄清机器的嗡嗡声再次响起时间
再次被计量①而工厂的
传送带
电线和沥青被调试
心和锤子
和斧子再次整齐地咔嗒作响。
一股力量送来了暴风雪
对罪行的遗忘
掩盖了失眠的谵语
和欲望而沉默解决了所有的

---

① 言外之意是自然的时间被转化成按照人类生产制度安排的时间。

事情幽灵仍然存在——我们曾在哪里见过它们?

在树桩上的那些礼拜

我坐在一截树桩①上我整天坐着
我整晚坐着坐了一个礼拜我的
树桩是一列火车我相信
一列蓝火车在火车里我坐着
一整天一整夜一个礼拜
我的树桩是一片田野一匹马
窗外的一位农夫一位老人和他的汗水
我的树桩是一只厚底靴一顶天棚
一个舞台一间小展厅我像气泡一样升起
我坐在森林灌木鲜肉的上空
一整天我都坐着一整夜一个礼拜
我翻阅周围的言语我选择鲜活的
将那些败死的扔到四周我的树桩
是一张餐桌一排排书架我坐着
一整天我都坐着一整夜一个礼拜
透过那扇窗户我看到我的树桩

---

① "树桩"象征每个人观察这个世界的位置或角度,既是一种自我限制、自我禁锢,也有移动或超越的潜能。

庭院里那些狗的变化十多
年里铁路系统的改革冰淇淋
产业的新风潮小饰物
飘扬拖尾的长礼服我坐在布面
上头一整天我都坐着一整夜
一个礼拜我都坐着我爬了下来
四周的玻璃和筑桥的
材料构成了阻碍我冲破我看到的
我没看到的我不想要的我没有冲破的
我保持沉默无话可说。边界就是我的
树桩我受到限制一整天都坐着
我一整夜一个礼拜都坐着早晨睁着
大眼观察而我的目光
没有从旁边掠过我观察一切一切
看见能看见的一切烟雾
和烟雾里扫过的风我坐着
一整天我都坐着一整夜一个礼拜
我坐着飞行我坐着开车
我坐着溜走散开了我坐着

我静静地燃烧我再次站起来我坐着
我逃跑了我坐着我无法逃跑
我坐着他们照亮了我压倒了我把我引走
悄悄地朝我射击我坐在树桩上
伸展四肢我坐着一整天我都坐着
一整夜一个礼拜我都坐着我散开了
我所散开的我看见进入我眼里的
正无声地靠近冲击我的脑袋。

戴尼厄斯·金塔拉斯(1973—)

　　戴尼厄斯·金塔拉斯(1973—),诗人、译者、文学艺术评论者。他曾在维尔纽斯大学修习过立陶宛语言文学,也曾在维尔纽斯艺术学院进修过。尽管褒贬不一,他的第二本诗集《蟒蛇》获得约特文基人青年奖。(第一本诗集《蝰蛇》于1997年出版。)2000年他开始组织非专业艺术家聚会——"莫斯科派艺术家阵地"。他翻译过亨利·米修、布莱斯·桑德拉尔、勒内·夏尔和其他法国作家的作品。

传　承*

我将在飘满荨麻香的田野中平静地死去
将划艇搂到自己的唇边
让自己的肺部紧贴地面
我将开始在一代代已经消失的
异教祭司身上生长直至成熟
我将在沼泽地里翻阅他们的纸牌①前往镇上
在曼荼罗之家②过夜
我将带领身形巨大半睡半醒的炼金术士
翻越银色的山丘前往梦游者的森林
我将吞云吐雾——射穿漩涡——
用坚硬的火弹——射穿那伸向高空的
无意识我将向下钻探越钻越深
黑暗的形体③将盼着我能以它们为家
发亮的恶魔之眼将落入会呼吸的黑影里

---

* 这首诗写的是"我"与贴近自然的生活、民间信仰之间的精神关联。
　① 用纸牌占卜是异教巫师的一种常用手法。
　② "曼荼罗"为印度教密宗与佛教密宗中象征宇宙、有助于冥想的图形。"曼荼罗之家"很可能指按照这种图案设计的宾馆或别墅。
　③ 指"无意识"这座地狱里的"魔鬼"。

蹲伏的女人将围在我的四周
不断地转圈转圈
似要发起进攻却没有料到
恐惧将她们的兽性冻结在脚下的轨迹①里
我那些没有炬眼的兄弟像我一样睡着了
攥紧拳头捏碎冰冷的云
拥抱亲爱的划艇
我的兄弟们出发了为了水为了风暴为了鱼
他们赤身裸体深感疲倦因为桨的优美
因为桨的拨动。

---

① 指她们转圈所遵循的轨道。

放　血

有个魔鬼有头巨怪有头野猪有只鸟
鼓声隆隆作响击鼓的是黑色的手
有个梦淫妖有个吸血鬼有条巨龙有头独角兽
黑鼓轰隆隆作响敲鼓的是盛血的罐子
有头驴有头骡有匹驽马有匹骏马
黑色的致哀的手击打红色的鼓面
有只蟾蜍有条眼镜蛇有只蜥蜴有只蛾
在敲鼓的罐子里血转成黑色
有个狼人有个灰矮人①有个小恶鬼有个魔法师
黑血流到正被击打正在哀悼的鼓面上
有位玛尔斯有位普鲁托有位涅普顿有位朱庇特
不是鼓声而是水花②在响震月球
有只人身牛头怪有只九头海蛇怪有只狮身人面怪有只鹭头人身怪③
来自黑水花的泡沫喷射进黑夜里

---

① 古代斯堪的纳维亚神话中的邪恶小矮人。
② 空气中的声波与水波的传播方式是相似的，故而诗人有此联想。
③ 埃及的智慧与学问之神。

每根支脉里真的总是三对一吗?①
不是——他回答——正因为如此我们提议换血。

---

① 在前面列举的各组想象或真实的生灵中,总有一个是较高贵、无害、更亲近人类的。也许这是诗人有"三对一"之问的原因。

穷尽的形式[*]

> 我一点一点地为你搜集
> 我最纯洁的爱抚。
> 你听到大路的鼾声了吗?
> 你听到清晨的叫喊了吗? 快点!
> ——塞萨尔·巴列霍①

我只是奔忙在郊区各处
而目光在大镰刀中灼烧
我总是在闪耀尖叫在挖掘我的疮痂在吼叫
像拖着大肚子的蝴蝶一样

新犁的土地。止血棉塞。羊皮纸。微风。
堵塞的烟囱。三条腿的狗。
溺亡的人。一艘船

---

* 这首诗模仿笔记本上的"涂鸦艺术";这些诗行就像诗人在笔记本上随手记下的词、短语、句子的组合。词与词,短语与短语,诗句与诗句,甚至诗节与诗节之间存在极为复杂和丰富的意义关联。

① 塞萨尔·巴列霍(1892—1938),西班牙诗人。

总有可怕的瘙痒在作祟
总有蝴蝶在我潮湿的嘴里沙沙作响

醒来。灼烧。折磨。微笑。
钝化。抓取。扭曲。堵塞。
旋转。戳刺。摩擦。撞击

如果一个是咆哮，另一个是隧道，
第三个则是来客
一只沉睡的桶淹死了蝴蝶

被吞噬。被杀害。被绞死。被折磨。
吃掉。安抚。砍剁。
砸碎。变形。满是汁水

她很小很小
带着刺带着刺

一步之外一张工作台之外

只有一箭之外一公里一英里透过
白细胞见到吸食一根串肉扦
打饱嗝和为了她眼睛而冒烟

沉重的正在亏损的月亮
令人眩晕的玻璃和烟草
像被压碎的夜蛾积成的小丘

酸模。越橘。蔓越莓。
水母。绦虫
或其他虫豸

梦想家

黄色教堂弥散溃疡妈妈
　　　在热气里
一个被抽吸的胃
偷偷溜过草地的肠道
被碾碎的鸽子

顺滑地
热腾腾地。可怕地。快速地。
沉重地。残忍地。
肝和胃
苹果和蠕虫
和章鱼的凝视
光与恶的到来

生病。温暖。热。冷。
蓝。红燕子。

我是一只狗一只杂种狗一只小牛犊一根胡须
劳改营的小伙子一点皮毛一头貘
一条双头蛇的翅膀一头野猪的狂热
狂犬病的黄昏
一头暴躁的獾

一条条。一格格。一粒粒。
突然地。快速地。强烈地。

做梦。蹲伏。摇晃。
吼叫。撕裂。聆听。

道路正在堵塞
鱼骨头时而是眼泪时而是喉头
已是一只鸟
一只孔雀一只白嘴鸦某个鸡年
四月已经三月

但现在。还没有。也许有。然而。
然而。再见了。谢谢你。我将了结
蹚过胆汁我将抵达我的终点
随着太阳升起
在你的两片肺之间
像鲸鱼一样庞大

颠倒的天堂

让我们一起严惩信鸽吧
弗朗西斯·培根①
让我们把它们的头拧下来
这样我们可以抖动
它们滴血的白羽毛
将罪恶之徒的控诉呈交
给魔鬼而非主教

啊,罪人们的脊背如何扭曲
一边被小提琴的丝弦鞭打
甚至一边开合着自己的嘴巴
他们依然喷出了串串的
祈祷词。
　　——我们承受着肉欲之苦被迫歌唱
　　我们的嘴巴像变形的
　　自行车轮胎

---

① 17世纪经验主义哲学家。他在观察雪如何延缓肉腐烂时,感染风寒死去。他还是20世纪描绘肉、身体、神经系统和变化的心灵状态的画家。——原注

沿着山岭向下滚动
　　直至深渊里
啊，浓浓的水汽升起来了
仿佛从温热的泉水中升起
受此惊吓这一块块走肉如何
歌唱与吱吱作响的琴弦相协调
　　——我们的舌头已经卷绕成长绳
　　是时候吊死我们自己了
我将给你们加冕我听到
你们正在踢踏跳舞的血液
神圣的殉道士
你们将一头扎进雾水里
像蛇一样爱抚
你们祭品的颈部
你们的嘴里将叼着
我的一点点糖果
　　——我们的嘴里含着
　　水我们在漱口声里颂扬
　　河流我们的嘴唇

是变得柔软的石头
　　　石块在血液里穿行
　　　并渐渐柔滑
你们愤怒的父亲刚刚离世
拍打翅膀升到高空
如今你们听到我肺里的呼声
　　　——我们的空气变得清晰
　　　我们的所爱邀请我们爱抚他们
　　　伸出他们白天鹅的颈项
　　　我们飞起像鱼一样拍击
　　　我们像章鱼一样躲藏
　　　在最细小最黑暗的缝隙中
　　　我们的眼睛像星星一样闪耀
我将自由赐予你们的眼睛
我给你们的身体留出空间
如果你们想要的话你们可以
同时成为船与大海
　　　——我们不知道我们曾经的本性
　　　但知道我们此时的状态

  糖果和嘴唇相触碰
  我们不知道曾经的感受
  但听到了世上的黄蜜
  如何发出嗡嗡的声响
照管好你们梦里的蜜蜂
我的所爱啊它们从你们眼里的
星星中滴落将你们喜悦的
眼泪冲进清脆的碟盘里
于是你们将会被填满
  ——我们飞起踢打着
  天空像滑冰者
  从冰上我们潜入
  地底下
  像彩虹一样潜入河里
  拍打着巨大的翅膀
  我们颂扬我们的新娘
  看看她们如何为我们憔悴

  谢谢你弗朗西斯谢谢你培根兄弟

就像有人说过的那样
它已经实现了

斯德哥尔摩综合征*

你是有福气的:
巨大的身形美好的容貌
阉人的精子在你的鸡冠里咯咯地欢叫
你的蹄子从巨鼠身上踩出了响嗝
你的唾液覆上了控制系统的水龙头
你的九个玩物①从龙头那里饮水
还有第十个——患了哮喘病

在你的子宫上头——一头微笑的小金牛犊
在你的额头上——一根高电压的血管
在你的眼睛上——一条神圣的闪亮的训令

沿着底部底部底部你的蹄子在奔跑,你的鼻孔
沿着底部底部底部吹散了轻抚血液的雾气
沿着底部底部底部爬到了小井边

---

* 这首诗其实是斯德哥尔摩综合征患者对施虐者、囚禁者的告白。
① 指被"你"囚禁、折磨的那些受害者。

我想要更多,越来越多
请给我与一穴的蜘蛛网相交的机会
请给我与绝境,与发霉的幽灵
与癫痫,你的耳垂相交的机会!

从你的深处拉出一丝最暗的光线
用它将我束缚在你的脉搏上
每个晚上我都会向你吠出一曲忠诚的咏叹调
"我想成为最好的人"

沿着底部底部底部幽灵的兄弟踮着脚走路
沿着底部底部底部百日咳尖叫且皱眉头
沿着底部底部底部我们一起走向那幸福的喂食的畜栏。

你曾教我吞食浸在果酱里的胎儿
你曾教我问候时要让灵气膨胀
你曾教我成为别人未婚夫的梦淫妖

你曾送来一只长角的怒吼的"业兽"①
我舔她闪亮的角膜：

  电视机舞蹈，手风琴呕吐
  散热器嘶鸣，水龙头咆哮
  冰箱摇晃，房门尖叫

我出手了！
我想要你的命
但和往常一样，你太近了，你太重了
我低吟着喘息着
我低吟着，为你离得这么近而欢喜
从你深深的腋窝里
荡漾起了一群留胡须的老头的合唱：

---

① 英译者将"karma"（表示"业""业力""因果联系"之意）当作可数名词来用，中译者结合语境将"karma"译为"业兽"。

"在利西亚①人的膝盖窝处寻找新的眼睛，
底比斯的艾迪，我的伙伴，别犯傻了
用蒲公英花环装饰你的红短裤
我们呃嘴时你庄严地曳步走到她的所在

不要以为命运来到你跟前刺穿了你，
你用那些胸针确实干了很多事，像疯子那样
伊俄卡斯忒②难道不是远离愤怒和扭曲的世界的藏身所？
所以，趁着我们吵嚷时，不如在她那里庄严地醉倒"：

沿着底部底部底部半人半羊之神驱赶着一只山羊
沿着底部底部底部梅毒没法迎头赶上
沿着底部底部底部空气的精灵踩着标桩飞了进来

你笑出了紫罗兰的颜色而我抓住了剪刀
我在你的大腿间割开而你安抚血液的喷涌

---

① 一古国，曾为罗马帝国行省，位于小亚细亚西南部，靠近爱琴海。
② 古希腊戏剧《俄狄浦斯王》中俄狄浦斯的母亲，也是他的妻子。

我跌入了黑暗里而你把癫痫变成春天

我醒来时非常温柔
像是做儿子的。

你曾抚摸我的耳朵
并用你的大嘴高声唱道：

"你满身是水从你的深处到浅表，
满是水，所以，好得不得了，
在这些地窖里你在两腿间寻找
你的阴囊你在睡觉的时候
总能找到我

我们如此热情地找到彼此
我一把门打开
对你说'去你想去的地方'
你就不由得连声咳嗽

你曾那么美好地
那么深沉地信任我
你的瞳仁不由得颤动
似乎你正在穿越什么

沿着你为我的游戏所承担的罪责的底部底部底部
沿着那暖热了我的闺房的恐惧的底部底部底部
沿着你对我的需求的完美关怀的底部底部底部

你干透的精子如此温柔地撩拨着我
听起来像吸入复活节的圣诞铃铛
你是灵感,你知道吗?"

是的,我知道,我很幸运:
当我在你的拥抱中窒息时,我总能看到
你无尽的好

贝尼迪克塔斯·雅纽瑟维修斯（1973—　）

贝尼迪克塔斯·雅纽瑟维修斯（1973—　），诗人、译者。他曾在布伊维迪兹基斯农业学院学习兽医，出版过七部诗集，最后两部为《腌血》（2007）和《兔子、兔状、兔奔》（2008）。这些诗集已有白俄罗斯语、拉脱维亚语、波兰语、英语和俄语译本。雅纽瑟维修斯翻译过一些俄罗斯小说，如爱德华·利莫诺夫的《是我，艾迪》（2006）、弗拉基米尔·索罗金的《俄国骑兵的一天》（2008）。自2010年以来，他一直担任文学期刊《四季》的散文编辑。近年来他主要忙于以照片和影像的形式来呈现立陶宛的文学生活，对捕捉到的连续镜头加以编辑，并传送到网上。

无 题

我想淹死在一朵百合花中
窒息在充满阳光的花粉中
在嗡嗡作响的雄蕊中
在诱人颤动的雌蕊中

         余醉未醒的鸟雀
         用鸟喙梳理大地
         一位小老太太装作一棵
      苹果老树从她嘴里不断泼洒祷词

完全消失在蛇道中
尘埃
我又一次想念它
又一次在这个破旧的车站
我试图想起
在过去的人生里做了什么
火车，满怀恶意嘎吱作响，
猛然冲入我的故乡维尔纽斯的怀抱
    越来越多的异乡

　　　　　　越来越多的远方
　　　　　　　　越来越多——
被冻结的消息
没有神秘
没有一滴情绪或恐惧
冷漠桎梏着四肢：
宁静田野的退场
　　　　　　越来越慢
　　　　　　　越来越慢
　　　　　　太阳升起来
　　　　　　　越来越慢
　　　　　　　　兑现它的诺言
　　　　越来越慢
那位小老太太给鸟儿喂食
　　　　　　　越来
　　　　　　　　　越
　　　　　　　　　　慢

关于女人的玫瑰(之诗)

女人的一天,女人的一周
女人的一月,甚至一年
时间、香烟和女人
总之,女人正在闷燃的时间
更确切地说,属于时间的抽烟的女人
临时的女人——身上涂抹着时间
时不时火热起来的女人是女人
不过,在适当的时刻火热起来的女人更有女人味
燃烧殆尽的女人并不受欢迎
但有一点是很重要的:
女人的时间是否可能怀上并生出更小的时间?

女人的小灯立在女人的小饭桌上
女人的小椅子靠着女人的小柜子
女人的小枕头、小床罩和小毯子
在女人的大床上

饭桌上女人的风景画或窗外的
静物画:女人的机动车女人

汤姆汽车①女人的汽车或者其他类型的气质②
女人的战前女人的战后女人的战争期间
女人的祷告女人的文件女人的便士
女人的玩具女人的庭院和果园或花园
女人的想法，并不必然隐藏

女人可能是俄罗斯人，却是奔放的类型，
尽管对我来说她也可能是日本人
重要的是她并不过于奔放
中国女人或希腊胜利女神
乌克兰女人摩尔多瓦女人
南方的女人北方的女人

---

  ① 英译本为"tom mobile"。"tom"有"雄性动物"的意思。"tom mobile"很可能指男性风格的汽车。"mobile"除了指"汽车"，还可以指"手机"，也可以做形容词，表示"多变"的意思。
  ② 在英译本里，处于"气质"位置的，其实是"bile"这个词。"bile"表示"胆汁"的意思。"mobile"这个词的拼写形式包含了"bile"。译者用"汽车"和"气质"两个词来表现这种文字游戏。不过，就意义而言，"汽车"和"气质"的关联不如"mobile"与"bile"的联系紧密，因为在英文里，"bile"（胆汁）常与"暴躁"相联系，而"暴躁"可以被认为是性情"多变"的体现。

黑色的女人白色的女人
红色的女人,却不是以云为发的天蓝色女人,
巧克力色的女人似乎最甜美
辛辣的女人——我不会品尝
我常琢磨西班牙女人,或者
法国女人、德国女人或者芬兰女人
但琢磨女人有难度,而且往往不值得,
爱女人——必不可少
尤其当她是立陶宛人、拉脱维亚人或爱沙尼亚人时

绿色的女人,散发森林的气息
苦涩的女人,多愁善感
酸味的女人常有意外的灵感——浑身闪光的女人
可怕的女人——满身烟味的女人
活泼的女人——用她生锈的声音来抚摸
干涸的女人——凌乱得性感的女人
健壮的女人——邋遢得令人愉悦——
肥胖的喊叫的女人——好奇的女人
多孔的女人,有着湖水般的眼睛

紧密的女人——大笑的女人
繁茂的女人——哀悼的女人
纯净的女人——像带盖子的水桶
柔软的女人——后来开始咆哮——哭泣的女人
满是蕾丝般幻梦的温暖女人
极其温柔的女人——给松木加固的女人
经常采蘑菇但不吃蘑菇的深情女人
笑得甜腻但意志坚决的女人
丝绸般的女人有着铅制的手
金子般的女人有着铁造的心

沉滞的、温吞的、潜伏的、游弋的、有时自由流淌的女人
敏捷的女人似乎最为冷静
叽叽、喳喳、嘟嘟的女人
嗡嗡、哼哼、能叮咬的女人
展开的女人——绽放的女人
枯萎的女人，编织的女人，
缠结的女人，逐渐长成，最终

圆满成熟的女人

奇迹的女人——苏醒引诱叩打
（在牙齿间在夜晚在白日里）
害羞的女人——充满罪恶、饥饿的
女人——贫穷的女人，谜一般的
女人，甚至无声的女人——
在什么地方，在拐角处
甚至矗立着赤裸的投掷石头的
女人，被淹没的女人，你看，
机缘巧合站在她身旁的女人——泼水的
女人，擦干自己的女人，易怒的
女人，令人如痴似醉的女人，或者体贴到
匪夷所思的女人，黏性的女人，也是易碎的女人，
谄媚的女人挨着高贵的女人，
久坐不动的女人靠着儿孙满堂的女人，满含渴望地
弯下腰的女人陪着友好又矜持的
女人，紧张的女人——靠着像乌鸦一样
善妒的女人，安静的女人

可以是一个与众不同的女人，
歌唱的女人——仿佛在奔跑的
女人，在那个瞬间屈身的女人——敏感的
女人，迷人的女人，浑身颤抖
仿佛打冷战的女人，哆嗦的女人
像在行走的女人，被拦下来的
女人，痛苦的女人，说谎的
女人，致命的女人，已故的……
女人……下次吧……再说吧……快不了……

醉酒的女人，一道道阳光从她脸上滴淌下来
出现在正确时间而不是正确地点的女人
$2 \times 2 = 7$ 的女人
毕达哥拉斯根的女人
重新布置第欧根尼公寓家具的女仆
灵魂和后臀一样宽大的女人
良心像一夜情一样短暂的女人
外表像犁头一样锋利的女人
一如既往建议、以死相劝却不会严责的女人

我经常和一个女人玩捉迷藏
更经常的结果是我们找不到彼此
然后她说
我是个女人——她说
你是个女人——我心里同意这个想法

关于一个女人,就可以铺陈出这么多东西
想象一下关于两个女人有多少话要说?

关于基因

不可替换的人不存在！
不可改变的世界是不存在的！

生命的秘密是用基因编码的
好基因，坏基因，优质基因
老基因或几成新的基因
一般的基因，过得去的基因

所以我说：
基因，基因，唯有基因
我重复道：
基因，基因，一切唯有基因
再一次：
基因，基因，基因的诱变
唯一的关键就是自生基因，卤基因，可乐基因和突变基因

你会做梦吗？
   也许你的父亲曾是个傻瓜
  你会用工具吗？

　　　　也许你的母亲曾是个使用者？
　　　　你会吃东西吗？
　　　　显然，你的祖父母并没有饿死
　　　　你会呼吸吗？
　　　　显然，你的一位先人也喜欢这样
你总在——重——复——你——自——己！

听好了：
　　　　那是你的小仔仔
　　　　那是你的小囡囡
　　　　苹果不会掉在离树太远的地方
（梨掉落在哪里？——科学家不说）

你富有创意吗？——基因
你是看管熔炉的吗？——基因
你是保安吗，渴望工作吗？——基因
你是不是广为人知，深受欢迎？——基因
你最终一无用处？——如此神妙的基因

你觉得自己是女的吗?
　　　　　好吧,可能你的亲戚里有女性
你觉得自己是男的吗?
　　　　　嗯……也许让你娘怀孕的是匹马吧?
你有男人的诸般特点,却感觉像女人?
　　　　　　　　难以判断的案例……

狗屁啊!从今往后,一切都可以改变!
一切都可以混合,定型,然后再混合

基因工程,基因机械学和控制论,基因生物学和魔术
基因物理学,分裂学和形而上学都乐于给你帮忙

看啊!
我们可以把一只手做成黑色——另一只——你来选——白色或紫色
我们可以把一只眼睛做成粉红,另一只——做成浅绿
我们可以让你的脸像砖头一样扎眼
或者让你的后臀像镜子一样闪亮,
但你真的需要吗?

你挑选鼻子了吗？——那意味着你有可以挑选鼻子的基因
你放屁了吗？——放屁的基因要为此担责
你尿床了吗？
鲨鱼的基因帮得上忙——信不信由你，鲨鱼从不尿床！

你的良心啮咬着你？——你缺乏随性随和的基因
你哀叹你的命运？——抛弃你的命运基因
你头疼？选择蠕虫基因，你就不会头疼！
你想要一个头，但一整个是不是太多了？半个就好了！
但想一想——失去了愚蠢基因会有什么后果？

甩掉包袱！
快点选择吧：俗不可耐的商业基因或深居简出的乡村基因
东方一夫多妻基因或西方淫乱基因
身高基因或长寿基因

立陶宛基因或口红狂热①基因
如果你恰巧觉得肚子饿了——
吃一些转基因的大便吧!

改变自己,要不然,你会被改变!
让总基因化学和基因生物学永世流传吧!
让转基因生物、不明飞行物、"那什么鬼"② 永世流传!

没有什么可怕的,如果一天早晨醒来,
你碰巧问自己:
我是谁?
沙里科夫还是弗兰肯斯坦?
鸡鼠?还是蘑菇蛙?③

---

① 在英译本中,与"口红狂热"对应的单词是"lickmania"。这个英语单词与"Lithuania"拼写相近。
② 在英译本中,与"那什么鬼"相对应的是"omg",直译为"噢,我的神"。"omg"倒过来就是"gmo",即英语里"转基因生物"的缩写。
③ "鸡鼠"和"蘑菇蛙"指通过基因技术创造出来的新物种。

那么我们将为你安装活泼的想象基因
但美容店的花销——你可得自己承担了!

孩子从哪里来?*

我们知道,有些孩子是白鹳带来的①
有些是在卷心菜地里捡到的
还有一些是父母在商店买来的

是不是所有白鹳都带孩子来,还是只有一些——比如,鹳爸爸?
一只白鹳能带多少个孩子?
白鹳一整年都带孩子来,还是偶尔带孩子来?
白鹳会不会参加带孩子的培训课?
他们是持有资格证的专家?也许是自学成才的
玩票者?教育部
注意到这个问题了吗?!
白鹳将孩子带入立陶宛,合法吗?
万一发生不幸的事故,他们有保险吗?

在什么阶段的卷心菜中最值得翻找孩子?
早、中、晚期?或者在卷心泡菜中间?

---

* 作者在这首诗里使用了大量科学、经济、法律方面的词语,是对流行社会话语的戏仿。

① 在蓝精灵故事里,有一个小蓝精灵就是由白鹳带到精灵村的。

在什么品种的卷心菜中最有可能找到孩子？

人人都知道，卷心菜不仅有绿色，还有白色和红色，

不仅有块状卷心菜，还有会开花、多叶的卷心菜，甚至会——

攀缘，

还有抱子甘蓝和蓬松的北京卷心菜

但我从来没有听说过能在西兰花中找到孩子

卷心菜若是护理不得当，会不会影响孩子的性别？

若是不负责任过度施肥，孩子们对粪肥

会有怎样的反应？

如果没有及时找到孩子会怎样？

一个人若是拿最低工资，可以买得起多少

孩子？

什么公司有资格售卖孩子？

商店里售卖的孩子质量是否足够上乘？

购买以后保修期多久？一年？两年？

也许没有限期？

中国制造的孩子是否值得购买？

孩子的销售税是多少？正常，有优惠，还是加税？

什么法律管控孩子的买卖?
孩子用户的权利是否得到妥当的保护?

如果我们不知道孩子具体的来源,我们如何
辨别哪个是由白鹳带来的,哪个是在卷心菜地中
发现的,哪个是在商店购买的?
也许这就是人与人如此不同的原因?有些人在云端飞翔,
有些人无所事事,眼睛紧盯着地面,然而
有些人爱钱爱得疯狂……

为什么孩子越来越少?也许是因为
立陶宛的孩子生意还没有实现市场
规模化?也许是因为转基因卷心菜的销量
越来越大,孩子不在转基因卷心菜里
逗留?或者是因为在我们国家白鹳
承受不了高税收的重负被迫把它们的生意
带往别处?

也许我们不需要孩子?

你是怎么来到这里的?
你是小孩子吗?
你在这里做什么?

    我在这里做什么?

      我在这里究竟为了什么?

瑞姆维达斯·斯坦克维丘斯(1973—)

瑞姆维达斯·斯坦克维丘斯(1973—),诗人。他曾在维尔纽斯大学修习立陶宛语,获得立陶宛文学硕士学位。他在《共和国》报社工作多年,2001年策划组织了电视节目《文化的陷阱》。他出版过六部诗集,最新一部是《与指挥所的通讯》,还为二十多首摇滚歌曲配过歌词。2002年斯坦克维丘斯与作曲家洛卡斯·拉德泽维丘斯合作,创作摇滚乐歌剧《朱拉提和卡斯泰提斯》。从2004年起,斯坦克维丘斯成为立陶宛作家协会的会员,他的作品被翻译成波兰语、瑞典语、芬兰语、英语和其他语言,并在外国期刊上发表。

瓦尔哈拉*

这里，内部是没有安门的。
这里，他们安置那些消失无影的战士。
夜晚——我们好不容易有了思考的时间，
我们喊出自己部队的番号——
我们对护卫说，我们正在数羊呢——他们没法理解——
这里不允许睡觉。
*
在我们铺床之前，他们不会检查
臭虫是不是真的完蛋了
（在这个地方通常用夜蛾
来填充床垫），
有时，一个人沉浸在激情之梦里，
身体发热，他便开始
如振翅般颤动——
那晚我醒来，有了因翅膀而来的灼热——

---

* 在北欧神话里，瓦尔哈拉是阵亡将士的英灵与奥丁永久同在的宫殿。在这首诗里，"我们"指那些寓居在瓦尔哈拉、灵魂不能安息的亡者。"我们"在世时都曾是"勇士"（不拘于何种意义上的）。诗中反复出现的"他们"很可能指那些用话语劫持"我们"的世间之人。

*
被摇醒的。白天的时候
他们驱使我们去践踏庄稼,
采挖树根,将鸟儿
从巢里驱散出去,
在阁楼里低吟……
*
夜晚(我们好不容易有了思考的时间)
他们用翅膀的灰尘涂抹我们的脸
强迫我们像磷火一般四处游荡——
*
我们——
夜间闪亮的乞丐——
没有气息,得不到灵感——
会流动的汗水的光辉……
(通常我们会将飞蛾
压碎进书页中
在黑暗中阅读——
我们好不容易有了思考的时间)。

*
在一年中较冷的时节,
他们叫我们赫然显现——
冬季,他们带领我们成群结队
前往大教堂,穿过
宫殿的长廊。
他们把我们升上屋椽,钉上十字架,
逼迫我们化作浪荡者、信徒、懦夫的形象
被亲吻,被奉承,
往外吐水
(我和另外两个人一整个冬天都矗立在那里
被巨蛇紧紧勒住)①。
*
周末,他们带亲戚来。
这些人的形体因时而异,
总带着惨淡忧郁的表情,
这些人总求我记住他们。

---

① 指拉奥孔及其儿子被海蛇缠绕的那尊雕像。

（可能他们是从预备部队的
哑剧演员中挑选出来——
面部表情训练有素）……
一个女人（每次都不一样）
总是在哭喊，总是想亲我。
*
但她的嘴唇无法触及我——
这里头没有门——
外头没有人
（椴树枝条顽固地
敲打着玻璃）——
然而，错误太多，
很难分辨得清楚——
标记太多，我的姐妹，
情绪太多——
我们需要一条讯息——
至少与死亡有关——
被领往别的地方。
*

我们远远地看见亡者的梯队
如何被驱赶，如何与一阵阵
雨水相混合
带着鸟语像树叶一样飘落。
也许他们被带往安息之地？（他们说
每个人都收到一个漂亮的、极贵重的
死亡纪念品——含钻石）……
*
没有人能确切地知道任何事，
但每个人都暗自嫉妒——
如果我可以真诚，我仍然希望
最终的结果是我还在——还活着，
即使随着岁月的流逝
我的机会越发渺茫。
*
这里有舒适的秋天。
（并不是因为万灵日）
我们可以温暖地睡着——
我们爬进

特洛伊木马一样的马腹里
(这里的十一月到处都有马的尸体)。
　*
不过,正如我所说,我在等待
关于自己的消息——
也许就是今年秋天
(秋天风穿过墙壁
可以充当信使——
但那只是风——
记不了太多东西)。
　*
访客慢慢退去
避着不想说再会
免得吓到任何人;
他们从不会带来
任何可食用的东西
(我们不知道怎么发问——
用烫伤的喉咙,
我们只能哑哑地叫道"瓦尔哈拉,瓦尔哈拉")……

＊

然后他们把那些人赶走了。

＊

他们打开灯来引诱

新的飞蛾——

在飘扬,生命之雨——

它们沙沙抖动的翅膀

搔触着身体和耳朵……

在那些时刻,我们不再是战士。

＊

在那些时刻,我们不再是战士——

那时我们最易受到攻击——

(他们知道这一点,试图击败我们——

用照片,用碎片捆绑我们

用奇怪的虚构之名来称呼我们)。

＊

他们喊道,他们喊道:"你听到我了吗,

格奥尔格·特拉克尔①?"

*

"你听到我了吗,

格奥尔格·特拉克尔?"

(紧接着,总有——

一个裸体的护士从旁跑过,像打寒战一般

穿过树林)

*

我没有回答。

---

① 格奥尔格·特拉克尔(1887—1914),奥地利诗人。

承诺写得清楚一些

如何冷却那些曾触摸
火热印章的手指?
它们曾只用来
点亮蜡烛和女人——
然而——
地球正在闷燃着。

人们叫我写得清楚一些,
除此之外,他们还能要什么——
我的手指此时也许黏滞、焦虑、扭动……
可它们成熟时会有什么后果?是否可控?

一些江湖医生
已被抓了个现行,
他们将书页磨碎,
让碎片与土壤混合,
并把它们作为治疗
失明和热血沸腾的方法。

人们叫我写得清楚一些——
当我像鱼一样喝水时——
一切就更清楚了——
有一回,我的血液甚至凝固不了。

我好几个礼拜都没有起床。
我的灵魂(当它①无法再忍受
四周墙壁的包围的时候)
会消失几天,
访问孤儿院,附上
精神残疾人的身体,
让自己被理智,被四处
的智慧所温暖……

她会曳步来到
老人的庇护所,
延长他们的呼吸,

---

① 作者在下文里用"她"指代灵魂。此处的"它"也应改为"她"。

让他们完成口中的句子——
难道我们不要感激她
让我们临终前说出
崇高的格言?

她会快乐地归还所有已不适用的
东西,这令我怒火中烧。
(如今她甚至喜欢乐曲强有力的
收尾,仿佛莫扎特的信徒)……

是的,我怒火中烧,当她发现我处于濒死的状态,
她试图给树枝扎上绷带
一直扎到树干那里(这样
它们就不会颤抖,吱嘎响或扰人清眠),
捆绑鸟儿的喙,
在月球表面
描画眼睛和头发——
总是同样的头发,散发痛苦的气味……

他们叫我写得清楚一些。我答应
试试，要不然该怎么办？
但愿我不会冻结苹果树，
但愿我不会从埋葬祖先的
坟冢里将老者带回家中
孩子们会爆发水痘，蜜蜂
将会消失，蜂箱将被交叉的木板牢牢钉死……

风也许迟早会澄清我处在
被圈围的符号中的
形象，那时将会有什么后果？

从今往后，我只会清理自己——
不去任何地方，
我用生石灰熄灭
我所有的声音。
我闭上眼睛试着看清
那些衬衫
如何被冰河的

流水冲洗——

哦,慢慢摇摆,
哦,水草的爱抚,
哦,纯粹的令人沉溺的风……
我沉默地躺着,让风从
我的掌心觅食——
禁止任何言辞,
除了击中泥块①的闪电,
击中泥块的闪电。

泥块。

因为不仅仅是我想要的
转变成魔咒。

---

① 在英语里"泥块"(clod)只比"云朵"(cloud)少了一个字母。

与指挥所的通讯

我的主,我是你的战士,
极其优秀的战士——

我将所有生命都投入战斗中——
前进,不断前进,
与日历页一同哗哗作响,
保持进攻的节奏,
既不欢喜,也不痛苦,忘记这些,
总能击中那目标,战略目标:

我在倾听,首领,就让我行动吧,
我在倾听,长官,就让我开口吧——
终于有了可以言说的东西,
那直接从你那里来的真实东西——

虽然不一定能带来安慰,
不一定是为哥林多人

或以弗所①人而言说——却是为我自己言说，
一个小小的神秘的预言将已足够……

比如："你是一具棺材，
里头塞满了叽喳叫的鸟儿——
抬起盖子，释放它们，让它们歌唱"……

原谅我——我言说时嘴里塞得满满的，
原谅我——我一边言说一边刺杀敌人，
匕首捅入他的肋骨间——

无论何时——
我都在刺杀敌人，匕首捅入他的肋骨间——我相信——
他——是我的兄弟，
我相信他的灵魂不朽，
这就是我在杀他时面带微笑的缘故

---

① 哥林多、以弗所都是古希腊城市，后者位于如今土耳其西部。保罗曾在这两座城市布道，建立教会。

我在杀他的同时大笑，雀跃，
我的双手永远不会沾上鲜血——
我明白了——这双手——不是我的，
这具身体——不是我的——他随着时间推移放弃了，
衰老了，他对我（或对你）
掩藏他的变化，
执行别人的
命令……

我早已更像你，而非他——
剩下来留给他的那点东西：
冰冷的容忍，没有
共同利益，没有直白坦率——
只有纪律所要求的那一切——

我不会杀了他……

他吃饭或睡觉时，我不会打搅他，
他涉水、聚集或擦洗时，我露出仁慈的微笑……

他的黑暗对我意味着什么?他的崩溃对我意味着什么?
对软体动物来说——世间有软体动物的游戏,
原始的软体动物的梦想,黏糊糊的爱情,
舌头的舞蹈,在呻吟中
无望的身体的纠缠——

在战斗中没有人可以不用制服——
过后,我会亲自把制服扔掉,
连同心中所有的裂口,
它的激情的油斑,缩在它的丝线里
贪吃的内疚的臭虫……

我保持警惕,在你面前我完全赤身裸体——
一件赤裸的武器,
保险栓拉开了——

我仍然在倾听,首领,
我仍然在倾听,长官,

倾听那些于我深处爆炸的世界,
绽放的花蕾,
长降雨积聚的水坑里的气泡,倾听——
没挂好听筒的电话里的哗哗声,
机器的嘀嗒声,那机器维持着一位
极其优秀的士兵的生命——为你,
我彻夜倾听风声,倾听莫扎特
和其他信号兵,
在我的大脑里
敲打出他们的莫尔斯电码……

我在倾听,先生,我在倾听——
没有停歇,一如既往——

我习惯接听风雪暴乱的报告,
融雪的沙沙声,仔细倾听——
像地球倾听掘墓人的指甲声——
像一颗转瞬即逝的子弹——
进入永恒的生命,像语言——

进入婴儿的嘴唇,像含意——进入文字,文字——
进入沉默……

所以,让我行动吧,
让我举起听筒,即使
电话铃声没有响起——

我会平静下来,当我默想着——我是
极其优秀的战士,但仍然是
你的战士,主啊,
我会平静下来,当我告诉你——
我还在倾听……

墨　水

> 对我来说最有意思的,是他接下来应该做
> 什么的问题,他将来应该如何写作?
> ——金塔拉斯·布莱兹吉斯①

在那之后呢?
按理说,情况好得难以置信
审讯结束了,戴着烂衫拧成的
枷锁,脸庞被浸湿的诗歌
鞭打过,在那之后……

谁会读我的书,
我的心魂竟然如此不安?
　　——他没有说实话。
　　——把他唤醒继续……②
别人为何看不出来
在音节与音节之间,在行与行之间,

---

① 金塔拉斯·布莱兹吉斯(1975—),立陶宛诗人、散文作家、文学批评家。
② 这两句是"审讯者"之间的对白。诗中的"我"是"被审讯者"。

那银亮的雾
对我而言总是意味着上帝?
(你关了灯,你的手指
仍然反射它的银光)
接下来会出现什么,它何时会消失?——
黑暗与寒冷?

——黑暗与寒冷
不过是我们的虚构。
可事实上,为什么南方
更常吸引鸟类?——

为何南方如此吸引鸟类和我?
它吸引一群群腿脚肿胀,
被桎梏在烂衫、锁链中的生灵……

在我看来?……
这些鸟从我身旁
被拉开,

那些承诺，来自伤口的针线，来自骨头的
温暖，来自动脉血的文字——
没有绷带可以止住，
如果绷带可以——
在那之后呢？

也许什么都没发生？
我尝试过——什么都没发生——
我让自己渐渐习惯不要——
即使红腹灰雀烧灼着
我的脚底，即使雪花
像患了癫痫一样落到
我这张完全敞开的脸上，
即使和他一起（或通过他？或通过夜色？）
为盲人敲打他的手杖

手指也一同完美

敲击（不仅敲击他们①，
还敲击我自己）
来模拟人行道、水坑，
滑溜的阶梯、破碎的剧院
自己卷起来的海报……

在那之后呢？
在那之后——罕见的逃脱，
隐藏，更多的审讯，
尝试写出自己，或用自己（或用你?）书写，
红腹灰雀留下啄痕的墙壁——

抓住它覆有羽毛的颅骨，
粉碎鸟儿的头颅，
这样墨水就会渗出来，
这样墨水会痛苦地流淌，在文字中（或作为文字?）——
或者在那个

---

① 指前文的"盲人"。

以我为写作媒介的人的身体里——

在那之后呢？
在那之后读者
不会过多地注意墨水——
保留在文字中，它永远不会流淌完。

它与鸟儿的鲜血完全一样。
它与我完全一样。

莫比乌斯圈*

我只记得我嘎吱的脚步声,湿沥青,
灯光在底下一块块地倾泻自己。
似乎我在诅咒,并对自己说,等我回来时,天依然很冷,
但我不记得在我喉间鼓翅的是星星还是燕子。

我走了无数年,穿着同样旧的湿透的雨衣,
揣着我梦中的两口面包和一片伏特加①。
家里,替代窗户的是——斯克马②吸烟,奎师那③舞蹈的海报,
我的裹尸布有点短了,盖不住疼痛的双脚——

当然我可以把它拉下来,但我的脸就会暴露出来,
我无法承受见到自己呈现在光中的恐惧——

---

* 指一根纸条被扭转180°,两头再连接起来做成的纸带圈。普通纸圈有两个面(即双侧曲面),而"莫比乌斯圈"只有一个面(即单侧曲面)。在"莫比乌斯圈"上的小虫子不必跨过纸带的边缘就可以爬完整个曲面,回到起点。(网上可查示意图)这首诗的结构是对"莫比乌斯圈"的模仿。
① 诗人用本应用于修饰面包的词"一片"来修饰伏特加。
② 安塔纳斯·斯克马(1910—1961),立陶宛作家、舞台剧演员、导演,著有小说《白色裹尸布》。
③ 印度教中的一位神祇。

打上过量孤独的烙印，带着可怖思绪的丑陋，
我印在吸墨纸上的诗作——捉摸不定的感觉的残骸……

电话响起，邀约去看戏。通过电话，我表达对母亲的爱。
闹钟的尖匕首将把我敲回到自己的身体里——
我学会用无意义的言语和行为来描绘生活，
我学会让双脚变成战场来温暖它们。

我记不清了——一艘船中的暴风雨，或者一艘船，冲击着暴风
　　　雨——
我学会如何爱自己——底座破碎，窗户和我的思想。
当我言说时，风会改变意义，改变颜色，改变花朵的形状——
我的存在因其而改变，我的目光，我弓起的身体，镜子的深处……

我的墙也同样改变了，我的海报，取暖费增长了十倍，
上床睡觉之前，一位女人被祷告慢慢取代，
而我所渴盼的东西——不带丝毫快乐——开始成为现实，
但是我的诗节无法吸收它——噎住的纸张在打嗝……

甚至我的西装开始变得更合身,之后——就是灵柩——
现在我必须离开那些斯克马,那些奎师那,不要等我的脚暖和,
离开那些尖叫的高中女生,那些守护我的闹钟,
某时某处鼓翅的是燕子还是星星,已经不再重要了……

这一切都如此相似——云朵的泥块映在沥青的天空中,
其他人已经在重复我的步伐,我的饥饿,燕子和星星——
当我回来时——你可以问我——我想我会回答,那里很冷,
因为死亡太短,甚至盖不住疼痛的双脚。

阿图拉斯·瓦利奥尼斯（1973— ）

阿图拉斯·瓦利奥尼斯（1973— ），诗人、译者。他曾在维尔纽斯大学和华沙的中欧大学研修过社会学，出版过两部诗集：《纷飞的树叶没有脚印》（2003）和《大约三个》（2012）。后者被选为2012年最具创意图书，在2013年度图书评比中被评为年度图书奖。瓦利奥尼斯的诗歌曾被翻译成英语、瑞典语、波兰语、拉脱维亚语、拉特加尔语、马其顿语、加泰罗尼亚语和斯洛文尼亚语。他与爵士音乐家合作过，还与弗拉基米尔·塔拉索夫、尤根尼朱斯·卡尼维丘斯、利厄达斯·莫库纳斯、维提斯·尼温思卡斯和图沃马斯·欧哈拉联合做过一些项目。

吻：占卜的碎片

  有些人生来
就承担使命，观察
  大象骨头的排列

  指甲在光滑、坚不可破的
   形体上
  划下痕迹，而划痕暗含着
献给他们的故事。

  那些形体曾被掌心的
   汗水擦亮
被如花岗石般训练有素的
   手指塑造。

不是每一道划痕
   都有自己的故事——

  而且其中只有一些
  被人永远记住。

故事逐渐凋萎之后
　　　　粗糙的边缘也遭磨损
　　　这些骨头便被制成
各式各样的饰品，
骨腔被凿穿，
　　　腰带扣得到点缀——

　　　这一切是为了什么？

　　柔软而无光泽
女人呢喃的
　　　声音
将说出一个名字，
　　　她咬痕平整的嘴
将触碰额头，
　　　表示祝贺

　　　　　（那会留下痕迹吗？）

也许那会湿润记忆的坑穴

　　（门柱上歪斜的刻痕
穿透新刷的一层油漆）

　　——于是新生儿
也有了忧郁的思绪

　　于是我降下
倾盆大雨，那将会（会吗？）把各种东西，
　　　　无数的东西冲到海岸上，
它们被流水和沙子
一成不变的运动所毁损——

　　　　顺着风，顺着风

水和沙产生了形状，
　　　　物体的运动
变得更轻盈，更模糊。

你看过正在变干的大海上铅灰色的
　　　　　如贡多拉①般的云朵?

　　那些云朵的优雅已渗透到地面,
　　　　　船帆像一团团烟雾浸没在
　　　　　　　一掬正在凝固的水里。

　　　　　就让那些街巷已被复原的
记忆
　　　　离开我——

　　　海之女渴望
向我交出
　　　　被冰雪覆盖、没有气息的头发,
　　　　　夜间吃梨的动作,
　　　　　　笑声的回音,

---

① 威尼斯的平底船。

回来了。

水果的轮廓在碗里显形
我扔出的水果刀
　　　　没有击中
残酷的"非实在"
　　　　　这块面包——

我在这里。我触碰了那堵
　　　　长满苔藓的墙
但只摸索到几块
　　碎裂的砖头——

　　第五城的鹅卵石路已经
从我脚下流过,
　　　　未被践踏。

　　同时,一支军队在半敞的
城门旁耐心等待。等待平整的咬痕——

　　　　　额头的痕迹。
闯入的标志。

似曾经历的感觉

当那个情境连同葡萄酒、
水和食品一起
浮现的时候,我们可以
想象,甚至向你们保证,
那些曾聚集在那里的人
都很快乐*

也许有人想要证言,但这样的
证言无处可寻:从去年酿的酒里
拿一些白葡萄酒给我,要冰镇得
刚刚好;白葡萄酒与鱼
搭配得更好;不需要面包,你不需要
拿太多;最好是沙拉和水果。

下次,如果重复这个情境的
机会又会出现,因为重现
的方式很神秘,那将变得更有难度。
我们到时不那么容易被欺骗。
他必须为此做好准备。

*如今一切大体
都还好,
我们意识到
我们很快乐;
明年有一项
严肃的工作待完成:
去学习
去寻找那种感觉

东 欧

伙计,他们真厉害!如果需要,他们可以
很认真地从这里捞取好处。在穿制服的人里,他们有亲戚,
不大可能有人拦住他们。但他们选择了
克制的生活。人们从四面八方涌来
站在议会大厦前。他们高呼,提出
要求,扬言威胁。一切都在新闻中;我无须重复。

我正穿越城镇新区,内心一片平静,
因为我在这里是陌生人,这不是我的城市,不是
我的故乡、民族、语言和国家,对我这样的人而言,
最好只是旁观。在树林间,我看到两个家伙正打量着我,
他们同样不属于这里,但方式略有不同。

后来发现他们错过了停靠站。他们步行在公园里,
公园像有百年的历史,但没有宫殿,只是
空空的大厦,有些人在里头工作,有些人在外头抗议。
他们从车上被放下来时,还来不及环顾一番,
车子就已开走。这里,"我们的人民"为共同的事业而甘冒寒冷。
其他人认为他们心头害怕,只是凑在一块取暖,

直到结束。嘿，老外，利特温，二表哥，
我们去哪里才能显示我们有多强大？
你去干啥呢？

有那么两分钟，我不再做旁观者。我向他们
指路。正确的道路。步行十分钟。你不需要借车轮，
直接往前走，你就能听到声音了。

晚上我看了新闻。唱完歌后，人群散开了。我内心的
嘀咕没有显现出来。我不知道他们是否成功了。我觉得
我们还需要提升一点分贝。

谷歌地*

我在爬行
我在慢移
我在谷歌

为什么
雷达
枪
会对准
我们生锈的
面孔

因为
我们的名字
将被
镌刻
进电话营销的

---

* 英译本此处为"Goolgotha",是模仿"Golgotha"(各各地)所造的词。"各各地"是耶稣被钉于十字架之地,为耶路撒冷附近的小山。

格局里
永不磨灭

有一天也许最大的罪是不犯罪

坐在桌旁,
我们吞食着饥饿和焦渴的肉。
在近旁什么地方,也许
在隔壁房间里,钟声响起。
外面,孩子们踢打着一团
类似球的东西。

是啊,黄色的幻日①说,
这种掠食性的、野性的宁静很适合我们②:

明日清晨
将会以四面体的形式出现。

或许是因为这样奇怪的声明,
或者纯粹只是巧合:

---

① 指天空中出现的一种太阳的虚像。
② 指黄色幻日。

一些鸟儿在喝水
一些鸟儿在大笑
直到凌晨。

人们为结局如何开始
谱写歌曲。

孤独的情侣游荡
在迷宫里,
从左到右:

在地球的这一侧,
在它这一侧的脑半球里,
漩涡总是这样
旋转着进入排水管①

但最近没有人

---

① 在未施加人力的情况下,北半球的水往下流时形成逆时针旋转的漩涡。

检验这一点了——也许
时代和习惯改变了——
也许现在形势有所不同了？——
但没有新的声明出现，
满载着快乐或信息。
我们仍然希望它们被耽搁了，
它们仍然在路上。

在石墨的黑暗中，跳舞的脚
将火花劈成两半:::①

那是当我在你的视网膜里
找到你眼睛的时候——

走私者点燃了道路
为了我②

我离开时，蛛网裂开了

---

① 这是作者有意发明和使用的符号。
② 在黑暗中活动的走私者恰好为夜行的"我"点亮了前面的道路。

金塔拉斯·布莱兹吉斯（1975— ）

金塔拉斯·布莱兹吉斯（1975— ），诗人。他从维尔纽斯大学获得文学理论学士学位以及商业管理行政学MBA学位。他曾担任立陶宛作家协会的月刊《四季》的编辑和周刊《文学艺术》的主编，是立陶宛笔会中心的赞助人，目前还是结构性投资咨询中心（SIKC）的主管和董事会成员。布莱兹吉斯出版过七本诗集和一本散文集。他最新的一本书《你悄悄溜到我身后》出版于2014年。他获得过约特文基人青年奖、约特文基人奖、朱利约纳斯·林德·多比拉斯奖、朱尔加·伊瓦诺斯凯提奖和安塔纳斯·米兹基尼斯奖。

无 题

我寻找我的母亲在空地里
在新生的草木里在灶巢鸟的窝里
我给她打电话
她接听了

我打电话给妻子站在人行桥上
让运动、生命和我自己尽量
伴随着每一次呼吸

站在人行桥上不能不呼吸
不能不带着生命不管你看多少眼天空

我十分孤单
主啊,倚靠着您
比最小的芥菜籽还微小
我无法看见自己想象自己
面对这样的无限性
面对这些光年

我给我的母亲打电话
你还在这里吗
我还在这里吗

我需要什么

这有多荒谬
这有多痛苦

我一直沿着滨岸寻找

鲁基兹凯斯监狱牢房326

十月的雾以我为食
于是霉菌覆盖了
我以前的生活

那里①到底有什么主啊
我无法去证明一片
草叶的存在连人类的一天

也不可能我不能证明我的存在
红叶不断向前翻滚
那棵枫树曾在德鲁斯基宁凯②生长

三十年前曾直接长到
我的阳台里但也许
这棵枫树不曾在那里

---

① 指"我"以前的生活。
② 立陶宛一地名。

也许阳台不曾在那里
德鲁斯基宁凯也不曾在那里我的梦
从那时起就未得到证实

因为我不记得那些梦与什么有关
时间总是快于
我和我所有反驳的话语：

现在是早晨六点半
我从炼狱或监狱中被释放
出来散步一个钟头

主啊我说将我的灵魂狠狠
拽出我的身体这样我永远无法
证明我的身体存在过

或者证明在被关进七平方米的
牢房之前我曾经能够向您
诉说四周的墙壁将合围

窗户将不存在金属
门也将关闭有一个礼拜
我不会从牢房向外窥视

您将穿过我的墙穿过我的
岁月穿过我无法被证明的肉身和它的霉菌
也许我根本不存在于世上

所以今天我只是存在于洗衣机
嗡嗡作响的声音里在窗帘
后头的余烬里

我存在于康复的笼子里
十月的雾生命
在借来的时间长矛和短刀上

会砍断死角的剑正碎裂的
墙您的骑兵正歌唱着

飞来拯救我——就在牢房的

这一侧我们都在等待消息
来自那个可能永远
不曾存在的世界里的消息。

无 题

生活在疯狂的边缘
生活在我母亲去世后在
服刑后在无休止地加班后
生活带着冬日里喂养的鸟儿
在天使世界的边缘
因为边缘并不意味着精神异常
生活没有边界一步之外
再走一步直至不知所在

众多抽象概念无名形式因为
我站在那里仿佛站在山头上
我的双眼紧闭双臂抬起这里
没有风景除了本体论意义上的
除了很久以前的除非
放弃自己的身体——我不能随身
带上诗歌或者任何破烂的
玩意不我绝不是在诅咒而是
在凝望天使说着
深不可测的言语

赫克托

我不想被卷入众神
无谓的冲动中——
但我不知道如何将
兄弟留在可怕的地方——

我是整个家里
最强壮的人如果不是我
谁来捍卫他们
我的亲人们

希腊人比我们多很多
他们来这里屠戮

我想尽可能多地解救
这些不幸的人我的家人
我的亲人我的族人甚至
无法理解他们被卷入什么之中

正因为如此我可以说自己毫无疑虑

今天我没有骑马出去对抗阿喀琉斯——我想要
所有希腊人他们所有的军队
都与我一人对峙我想要我的脚
在这片土地里生长我做好了

准备不让他们靠近
我热爱的城墙
我的灵魂我自己的灵魂我
并不恐惧——

今天我骑马出去对抗整个
世界对抗全部的历史乌鸦

飞来帮助他们
没有人留下来

只有我一人
留了下来——

豺狼现身
我看到他们不由发笑——
一个人对抗奥林匹亚山上的众神
对抗铁器和骑兵
对抗死亡——我

慢慢地显露

慢慢地明白
一个人
对抗整个世界也许
太过渺小

我举起剑
闪耀着光
和幸福

如果我无法捍卫

如果我丧生了

也会带着我所有的力量
带着所有胜利的滋味

不会指责任何人
不会怀疑

就像我过去的

人生那样——

约拿的忏悔书（四）

一直在下雨十字架钉完了
鞭子打完了还在下雨
雨水渗入荆棘——我不知道
人体竟有这么多

血液上帝
给了我们这么多血液
在这数千年的时间里我
将需要洁净——当那条鱼

把我吐出来时我不知道
自己需要那么多耐心
那么多

诗歌——我并不知道
当羔羊在午夜行走

闯入疯狂的狼群时

群狼和梭子鱼①竟然

呆住

敬畏地张着大口————

---

① 可能指那条吞食约拿的大鱼。

托马斯·S. 布特库斯（1975— ）

托马斯·S. 布特库斯（1975— ），诗人，笔名为"斯洛姆巴斯"。他毕业于维尔纽斯格迪米纳斯技术大学，获得建筑学学位。1992年，他创立"铜嘴"理念工作坊，继续从事创意艺术工作，将设计、出版、文学、城市研究和其他艺术创意或学术创新融为一体。2004年，诗集《语言突变的生成》获得了立陶宛最具创意年度图书奖。同年，在伦敦举行的"国际青年出版人大赛"上，斯洛姆巴斯被评为全世界最具创意的八位青年出版人之一。自1996年以来，他出版了一本儿童书《巴姆巴·达姆巴与世界的创造》、九本小册子和一部诗集。他的诗歌已被翻译成七种语言。斯洛姆巴斯是两百多项艺术和出版创意的设计者。

日冕洞

蓝色的焦虑
来自浮冰
在河里河里河里
在海湾中漂流的时代
沿着
一条沉闷的火车轨道
黑色的柱座
在冬草中
唯有蜱虫蜱虫蜱虫
沿着
通往天空的道路
穿过积雪的农场
穿过文字和风景
穿过长满我们童年的
矢车菊

一条巨大的沟壑

一个日冕洞

穿过它你跳出了
这个春天

奥西里斯*

如果墙壁的世界有眼睛我就是那风
如果有人从我的头上拔出风
我就是一把刀
如果有人可以用刀刃切割外部的空间
我就是一片湖
如果有人只看穿他一回
就闭合了他曾在心里
梦想的一切
我们这里说的不是眼睛而是一个
残忍的男人或姑娘（如果我是姑娘的话）
我永远不会离开
我的小外壳一路拖着它
你觉得它只是一堆被风吹过
湖面的树叶或者一张脸
那脸不是反射在刀刃上的你只是秋日
地基的深沟里一只呱呱叫的生灵
青蛙不会飞向南方

---

* 古埃及冥神。

前往赤道的另一边在腰部底下
像鞋带一样不可触及
对端坐在那里的奥西里斯来说
为什么你需要鞋带
为什么需要风和湖
为什么需要姑娘和墙壁
如果你愿成为你自己
其他一切都无用处

索洛韦基*的诗句

我根本感觉不到我再也感觉不到
自己在土壤的余晖里冻结
像盐晶或雪枝
言辞的冰洞——我可以凝固
在水中可以变成一只鼹鼠
带着布莱克本①的种子通过穴道
穿过海的苔原和黑暗
即使只身一人
我更像一座烧了一半的
森林当它缩回到一声私语的
另一端时——船和树皮
电缆线——
大海不远
风像沙子一样——
静默易碎的尘埃不断浮现

---

* 指1923年在白海索洛韦茨基群岛上建立的用于关押反社会主义者的集中营。
① 指位于美国阿拉斯加州的一座山峰。

当我穿过那个半岛①的外围
并从中消失的时候——
那是夜的边缘
回荡着两道声音的修道院②

---

① 很可能指离索洛韦茨基群岛很近的奥涅加半岛。
② 索洛韦茨基群岛上的集中营由修道院改建而成。"两道声音"可作多解,比如世俗和神圣的声音、生者和死者的声音等。

向日葵

夜之子
倾听着
鼓鼓的囊如何磨破
在袋状的天空下
在宇宙的盒子下
一个沧桑的白发的
诗人
坐在
日冕洞底下
静静地坐着静静地
写着他写在
白纸上
用白笔
用手用遥控器
直到这个世界
没什么留下来
鼓身
鼓的把手
黑雨

敲击着
这个我
我吸收了
所有残破衰败的日子
挂在柱上的
路灯
直立着
睡着的树木
仍在伴着沥青的节奏
做梦的汽车
还没有人坐在里面
只有孩子们的面包屑
葵花子的壳
夜之子
倾听着
鼓鼓的囊如何磨破
在汽车引擎盖底下
在宇宙的盒子下面
它们如何抽芽

它们已经抽芽了
长出
黑色的
向日葵

野草莓

凤凰并未燃烧
落入这六楼的
十年里
再次探访我们
从被撤离的时刻起
我们就噩梦连连
如今我们从为未知之人而写
献给未知之人的
噩梦的牧歌里返回
在有风的地方我们捶打胸膛
水中的涟漪
城市的星图
沾上了乙醚
和锈迹
像大地一样被侵蚀
被允诺
给日后的什么人
被送给化作星魂的亲人们
他们让你从受伤的童年回流

——运动鞋五叶星

劳伦特·卡比拉①和他的孪生兄弟

谋害莫布杜②的人——

在月球的黑暗面

滚石门

外头还有一扇门

再往外又有一扇门

再往外还有一扇——电吉他之火

唱片恋上了它

你离开的那个礼拜让唱片一直播放

领海

无意识

永远年轻

永远是最后一位诗人

分裂成第一次圣餐

---

① 劳伦特·卡比拉（1939—2001），刚果（扎伊尔）的反叛军领袖，后来成为总统（1997—2001）。
② 莫布杜（1930—1997），1965至1997年间任刚果（扎伊尔）总统，死于癌症。

进入他的第一首诗
进入他最后一首诗那不要紧——

曼塔斯·吉姆佐思卡斯（1976—2007）

曼塔斯·吉姆佐思卡斯（1976—2007），诗人、译者、电影制作人。他毕业于立陶宛音乐戏剧电影学院，专业是影视导演。1997年吉姆佐思卡斯的作品获得普拉纳斯·拉姆伯塔斯奖。他的不少作品被译成波兰语和德语，并在多家文学期刊上刊载过。2007年诗集《萨满》面世。吉姆佐思卡斯还为一些电影写过剧本，比如《我们：世界的立陶宛》（2003）、《轻轻地，美美地》（2003）和《迪尔林》（2006）。2007年丧生于火灾中。

宇航员的碰撞

我爱你在我的太空舱里
我爱你在失重的旋转里
我爱你在休息室里
我爱你当爬过连接通道时
我爱你在降压室里
我爱你在屏障之外
我爱你在被真空包围时
我爱你当小行星靠近时
我爱你当我在它的冲击中发抖时
我爱你当我的宇航服裂开时
我爱你当我的肺部被微粒撕碎时
我爱你当灯熄灭时
我爱你在令人沉静的寒冷里
我爱你在黑暗的最深处
此时——就像前面所说的那样爱你

在动物园里

我去了动物园
看到很多栏杆
和住在栏杆后头的生灵

我去了动物园
看到一头不快乐的熊
栏杆激怒了她看守员激怒了她
她摇晃脑袋坐立不安
摇晃又坐立不安

我去了动物园
看到一只鹈鹕收获了满满一囊的鱼
但鱼儿必须得体地示人
所以他合上鸟喙鼓起胸脯
并闭上眼睛这样就看不见来收赃的人

我去了动物园
看到一只花栗鼠在打游击战

他用旧壳塑造出切·格瓦拉①并挖掘隧道
那隧道永远不会通往他想要去的地方
于是他搅乱外壳重新挖掘隧道——嫉妒大象

我去了动物园
看到一头健壮有力的大象
没有人可以阻止或打败他
但他只是在拉屎撒尿
只是拉屎撒尿

我去了动物园
看到一只树懒
他吊得比栏杆还高
观察他很是无聊——他只是在睡觉
在睡觉时梦见自己逃跑

---

① 切·格瓦拉（1928—1976），生于阿根廷的古巴革命领袖，游击战术家。诗人把他作为工具或战术的代称。

我去了动物园
看到一只狐猴很为他高兴
因为他出来只是为了取走免费的食物
取完马上回去没有人知道他在做什么
他很高兴没有人知道

我去了动物园
看到一条鳄鱼在玻璃的另一侧
他一动不动甚至不眨眼睛
日夜赞美上帝
直到有人对我说——真傻那是用塑料做的

我去了动物园
看到一个空笼子和围栏上的一个小洞
我不知道谁住在那里
因为看守员敲了一下我的头
说道——未经允许不得擅自入内

我去了动物园
我在动物园里

又懒又慢

又懒又慢
白色的开关
清晨轻松随意
像箔纸
墙上没有阴影
甚至连墙壁也没有
我的头不疼
我的心不颤抖
我却不是阿兹特克神

引　航

教堂里
爷爷在高处
弹奏风琴
底下他的孙子
引领着忏悔的教众
爷爷按着琴键
给音栓编码
他的孙子在圣器室里
检查着姑娘的太空服
爷爷搜寻着
乐声回荡的穹隆
歌唱着
他的孙子在中殿亲吻教众
因为羞耻
爷爷喝完了酒
便下去了
他的孙子抽完烟后升到
穹隆之上
爷爷——去往宇宙

孙子——去往宇宙
教会——按照计划没去

小心,波卡洪塔斯*!

今天是小波卡洪塔斯的生日
棚屋里点缀着猎鹰的羽毛
美味的爆米花在壁炉里砰砰作响
客人很快会到派对即将开场
波卡洪塔斯试着戴上她的牙链
她的小猫"臭鼬"在身旁嬉戏
土狼佩奥特蹭着她的大腿
客人很快会到派对即将开场
可他们并没有赶来向波卡洪塔斯祝贺
此时已是午后棚屋内空荡荡
爆米花在陶土罐中变冷
突然间天际出现了不寻常的景象

除了俊美的史密斯上尉还有谁!优雅的史密斯上尉!
他有着金黄的头发和高露洁式的牙齿
他用芬芳的唇亲吻波卡洪塔斯

---

* 波卡洪塔斯(1596—1617),17世纪北美弗吉尼亚一位印第安酋长的女儿,曾救过殖民者约翰·史密斯并嫁给他。这首诗是作者对"历史"的再想象和重写。

送她弹性好的弓箭作为礼物
波卡洪塔斯问——我该办呢？
——这礼物好贵重——史密斯船长回答道——
你可以用它来捕杀你的土狼佩奥特
但狩猎开始前我先干掉你的小猫"臭鼬"吧

她的小猫"臭鼬"偷偷溜走
史密斯上尉在丛林里追逐着它
波卡洪塔斯开心地大笑
跳起来去追捕土狼佩奥特
冲破荆棘将她的弓拉得满满
感受着狩猎的兴奋波卡洪塔斯
突然听到窸窣的声音
她瞄准那个方向将箭射出去
一个熟悉的声音从灌木丛里传来
不是土狼不是佩奥特

是她的哥哥温尼托①
他在吊床上睡得正香

那支箭射中了他身上
波卡洪塔斯从未见过的部位
她哥哥流尽了生命最后
一滴汁液冲她大声喊道：

波卡洪塔斯要小心——认清你真正的敌人是谁！

波卡洪塔斯号啕大哭——她根本不喜欢这样的游戏
她阔步前行去寻找那爱搞怪的史密斯上尉
要他吊祭自己被弓箭射中的兄弟
她去了他那栋钻石般的摩天大楼
在那栋钻石般的摩天大楼里有一条金色的走廊
在金色的走廊里有一个天鹅绒铺就的房间
在天鹅绒铺就的房间里波卡洪塔斯看到

---

① 温尼托是德国作家卡尔·梅笔下的一个印第安人英雄形象。

她父亲杰罗尼莫①的头皮
她发现她的叔叔"坐牛"② 变成填充标本
她的同学阿马鲁③被剁成碎片
史密斯上尉正用她的小猫"臭鼬"的心脏
制作带香味的芭比口红

上尉咬牙切齿地说——即使你把我射死当场
我在这世上还有一千零一个克隆体
所以过去的事就让它过去吧
做我的妻子
波卡洪塔斯的心颤抖了
但突然间父亲的头皮开始说话
被制成标本的叔叔连同被剁成
碎片的同学齐声大喝道:

---

① 杰罗尼莫(1829—1909),美国西南部阿帕切族的印第安领袖,在真实历史上并非波卡洪塔斯的父亲。
② "坐牛"(1831—1890),美国印第安苏族亨克帕帕部落酋长,在真实历史上并非波卡洪塔斯的叔叔。
③ 可能指印加帝国末代君主。

波卡洪塔斯要小心——认清你真正的敌人是谁!

于是波卡洪塔斯将弓拉到极致
朝史密斯上尉射出一支嗡嗡响的飞箭
那支箭击中她已经见过一回的部位
从那天起波卡洪塔斯
挽着弓游走在世界各处
呼吁别的波卡洪塔斯
加入对史密斯上尉的追捕
在混凝土的院子里在富人的猪圈里
在陪审团中每个波卡洪塔斯
终有一天会拉起她的长弓
空气里将震颤着神奇的话语:

波卡洪塔斯要小心——认清你真正的敌人是谁!

波卡洪塔斯要小心——认清你真正的敌人是谁!

波卡洪塔斯要小心——认清你真正的敌人是谁!

羽箭已经飞出
这一回我们终于可以举办派对了!

吉提斯·诺维拉斯（1976— ）

吉提斯·诺维拉斯（1976— ），诗人、译者、散文家。他毕业于维尔纽斯大学，修习专业为历史和文化理论。诺维拉斯出版过三本诗集：《石头碎片》（2002）、《蝗虫的早餐》（2006）和《排放区》（2012）。他凭借第一本书获得德拉斯基宁凯诗歌之秋重要新人奖。最近的作品被立陶宛文学民俗研究所认定为2013年最具创意图书。从2010年起，诺维拉斯成为立陶宛作家协会会员。他现居维尔纽斯，是周刊《文学艺术》的编辑。他的诗歌已被翻译成英语、保加利亚语、俄语、拉脱维亚语、格鲁吉亚语、德语、白俄罗斯语和乌克兰语。

脊　骨*

我有　一根脊骨——当我处于陌生的环境时我是斯多葛主义①者
我有　一根脊骨——当我吞下一条蛇时
我有　一根脊骨——当我躺在公路的分界线上时
我有　一根脊骨——当我穿着父亲的外套在树上过冬时
我有　一根脊骨——当我倚靠在永恒边界的标志时
当我的脸转向太阳的乳房时
我有　一根脊骨——当我赤脚走在医院的病房时
我有　一根脊骨——当萨满朝松鼠射击时
我有　一根脊骨——当我拥抱手推售货车那根没贴价格表的招牌
　　　　　　　　杆时
我有　一根脊骨——当深夜我将汗水献祭给特拉佐蒂奥托②时
我的　　　脊骨——一段通往蚁丘塔的梯子
我的　　　脊骨——一根被钉子折断的头发
我的　　　脊骨——联结父亲与母亲充满毁灭的英吉利海峡
我的　　　脊骨——一台碾碎巨石的轧路机
　　　　　　　　被海豹拖着离开海岸

―――――――――

* 这首诗的排行模仿人的脊柱形状。
① 古希腊罗马时期兴盛起来的一派哲学，强调禁欲、坚忍、淡泊精神。
② 阿兹特克神话中代表罪恶、洁净、污秽、色欲、通奸的女神。

我的　　　脊骨——一个被海水吞没的毒气囊
　　　　　　　　一个挂着孤独停尸房的钥匙的挂钩
我的　　　脊骨——海洋深处硫和硫化物凝聚而成的一根柱子
　　　　　　　　在柱子四周熔岩轻盈的舞蹈陶醉了软体动物
我的　　　脊骨——在粪水浇灌的童年草丛中
　　　　　　　　与那位迷恋翻领的兄弟一起
　　　　　　　　我们在八月的黄昏中摇落了日月星辰
　　　　　　　　我们埋葬了它们
　　　　　　　　我们成功了我没有被发现
　　　　　　　　确实是这样

快乐——在湖心——

……我们的后背搅乱了床单,我们交换脊骨——
玩弄着自身的骨头——

一

坐着船滑过湖面,到湖的对岸——
我的舌面爱抚着你的脖子,我爬上你的
颈项、肩膀,轻舔你的手腕、手指,潜入你肚脐的
深泉,你的腹股沟。我像一整个夏天都潜伏着
的蜱一样吮吸着你的身体。
坐着船滑过湖面——
我啧啧地嚼着你的下巴,蜜蜂在这颗多汁的梨里宴饮;我采摘
你的乳房,那些成熟的李子。它们因为太过丰满
随时将从枝头裂开,像从山头飞下的羔羊一样扭动。
坐着船滑过湖面——
我用我的脸颊爱抚着你的太阳穴,我抹过你的眉毛
和额头,用我的嘴唇掐掉一颗成熟的葡萄———滴汗珠——

二

当我们夜里坐船滑过湖面时,夜星对着拳心
咳嗽起来,

不好意思地望向别处。我们挥舞着衣服的
旗帜，我们以脚划船，将记忆之网浸入水里，
扯掉将我们拴在大地上的锚。
迎面而来的风将我们的呻吟、尖叫和咆哮推回到
自己的喉咙里——
夜星望向别处，对着拳心咳嗽起来——
当我们滑向湖的对岸，滑向那座土气的小镇时，
我想到哈迪斯，月亮被割开喉咙正放声大笑——
我们把船夫投入水中，让他躺倒在灯芯草间。
我们打算用欠他的钱购买鸦片酊和
水果烧酒。我们离湖岸越近——它就退得越远。
我们可以看到被动物围绕的食槽，潘正弹奏着
一块骨头。夜星不好意思地望向别处，对着拳心
咳嗽起来，目光投进湖水里——大地豁开的伤口，
我们在里头蠕动，溢满激情的蠕虫，如饥似渴地
想"活着"想"死去"。所有人都为了二者。快乐——在湖心，
在这些不定式①里——

---

① 指"活着"和"死去"。

我行走在你身体的荒漠

我行走在你身体的荒漠。我的骆驼从你的肚脐眼里
饮水。我待了一个晚上,躲在你乳房的
沙丘里,蝎子和蛇在灼热的皮肤下
打着盹儿。耶利哥玫瑰①的头颅在滚动。我行走在
你身体的荒漠。它会变化,会燃烧,会翻腾。我没有
目标,没有终极的去处,可以放心地结束和休息。
难以捉摸的苍鹭在头上盘旋。我口干舌燥,却找不到
能藏身的阴影。我是一只螳螂,等待着
清晨的露水凝结在你的眉毛。我行走在你身体的
荒漠,你的眼睛将我引向那将埋葬我的死亡之谷。
黑痣和皱纹向我指示道路,犹如盲人地形学家
绘制的星图。大熊座明亮地照在你的大腿上。
我不断地呼喊:"发疯啊,最令人害怕——这里没有人可以
问路……"——我对着一口干涸的泉眼呼喊——

我迷路了,因为我走错了路,注定如此。生命——骆驼的

---

① 又称复活草,多长在沙漠里,缺水时会把根从地里拔出来,缩成一坨呈圆球状的干草,开始"休眠"。由于体轻,耶利哥玫瑰会随风在地表滚动,一旦滚到水分充足的地方,圆球就会迅速地打开,根重新钻到土壤里。

驼峰。我行走在你身体的荒漠,神志不清,不停地
转圈,总会回到同一个地方,像自杀者总会落回脚凳上。
激情在我的脖子上套了一个索套,夜晚把它狠狠拉紧。
骆驼一直在喝水,我在泉水的唇边祈祷:
"发疯啊,最令人害怕——这里没有人可以问路……"

沙尘暴在黎明前升起——
可是瞧啊——你只是在门厅梳理你的头发,
对着凸面镜。

X 射线图

    我是消声器 我可以用我的无声捕杀兔子
   我是天使的捕手 天使晒干时很是可口
    我有着孤独 和疲惫的一面
  我属于死者的国度 也是生者之国里的一员

   我只是暂时履行 人类的职责直至接到新通知
  我领受牛犊的献祭 种植樱桃树
   我是不合群的人 根据天宫图的算法
     我半是人 半是自行车

一个骑车人，两轮装有辐条的月亮和一个头，一条抹油的鞭子
  扭动
在我的双腿之间——我的双脚几乎没有接触地表

   唯有我能抵得上 两个影子的价格
   我是结冰的地沟 屋顶的檐槽
  我拢来一堆堆篝火 点燃了我自己
  我的手脚在哪里 我的心我满腔的柔情？

我是馊牛奶表面的薄膜　穿着牛仔裤的笨拙的侏儒
　　　　霉菌的紫罗兰色　圣诞节前夕的杰克①
　　　　　如幽灵的马儿　盘旋在花瓶的骑马厅里
　　　　　　　　围着　一颗开花的土豆

如今我是你唇边一位不请自来的朋友。我会强迫你的嘴
打开，摩挲着你，驱赶你的唇向前，对你温柔
　　　　　　　　或不温柔。

---

① 可能指 1993 年的电影《圣诞夜惊魂》中住在万圣节城的杰克·斯凯林顿。

秋天的演习

　　十字架们在野外行军
他们鞋上有破洞,面露笑容,背包里
装着罐子、格罗特①和火柴,他们的脚
结茧硬化,夕阳照在粗糙的膝盖处,
他们在加油站洗脸,刷牙

　　十字架们在野外行军
他们头上满是孔眼,在深渊里都是朋友:
斯比尔斯基艾、里奥博斯、伯奇尼艾②、派尼斯③,
由橡木、冷杉、枫木和雪松制成——
孔眼里的自由——黑暗知道这一点

　　十字架们在野外行军
在他们头顶飞翔着候鸟串成的念珠
云朵砌成的墓碑——
他们的战壕和防空洞堆得满满的

---

　　① 是英从前使用的面值四便士的银币,这里泛指小面额的钱币。
　　②③ 原文为立陶宛语,都意为"桦树的,桦木制成的"。

十字架们在野外行军
道路和剑相交，口袋装着轻蔑的姿势，
他们点燃篝火，在罐子里煮肉汤、暖热的豆子，
用自己喂食火焰，从彼此的身体折下一块木板，
充分地燃烧，他们缓缓地移动——

　　十字架们在野外行军
大声地放屁，动物纷纷避开他们
人们拜倒在他们脚边，把他们支在墙上
掏空他们的口袋，摇晃他们，甚至割开他们的喉咙
或者命他们跳舞，查验他们的本源，将他们置于十字路口取笑他
　　们——

　　十字架们在野外行军
他们的道路只有茫然的目光，没有终极的目标在闪光
（世人——被刺瞎眼睛——你何曾能为盲人发光）
他们的发祥地不知何处，他们不是去寻找越冬之地，而是
把自己拔出来

把自己拔出来
　　把自己拔出灼烧的大地

明多加斯·瓦利乌卡斯（1976— ）

　　明多加斯·瓦利乌卡斯（1976— ），诗人、散文家和剧作家。他曾在立陶宛教育大学学习立陶宛语言文学，在克莱佩达大学获得语言文学和戏剧研究的学士学位。瓦利乌卡斯凭首部诗集《月亮的陶艺》获得吉格马斯·盖达马维丘斯-格勒年度新人奖。随后又有两部诗集问世：《被偷的钉子》（2003）和《口琴》（2006）。除此以外，还有一部戏剧作品集：《创造者之死》（2005）。

蒙娜丽莎

我在汽车展销中心工作。
从早八点到晚八点。
无聊的工作。我们可以看书
但我翻阅的是同事
油腻的杂志和报纸
翻得我下身勃起。
我常常心不在焉,有时忘了带
午餐。工作时间我不敢去
洗手间。这使我的表情显得怪异。
我的同事叫我蒙娜丽莎。

他喜欢

我喜欢女人
骨瘦如柴像汲井水的杠杆
那般细瘦没有奶水没有
血气犹如一双筷子
只有骨头这就是为何
我喜欢干瘦的
女人而非肥胖的女人

我喜欢女人
以脂肪为自身的骨骼
脂肪块在她们体表
上下起伏宛如
一片湿地这就是为何
我喜欢肥胖的女人而非
干瘦的女人

我喜欢女人
小巧玲珑的女人
乳房小得能用汤匙来舀

当她们爬上你身体的时候
你可以随心所欲吹起
一股风把她们当作
风车来旋转这就是为何我喜欢
娇小的女人而非大块头的女人

我喜欢女人
大块头的女人高大的女人
你不用跪下来舔她们的
……这就是为何
我喜欢大块头的女人而非
娇小的女人

我喜欢女人
大街上美得令人惊叹的女人
就像喜欢台上和床上的美女
她们的屁股从广告牌上
直盯着我们看
仿佛展现在镜头前面

这就是为何我喜欢漂亮的女人
而非丑陋的女人

我喜欢女人
丑陋的女人她们的头颅
或身体需要改换
她们的脓包爆开你需要
用新闻报纸或酒精才能
遮盖它们这就是为何我喜欢
丑陋的女人而非
漂亮的女人

我喜欢女人
机智的有学识的女人你没法
与她们结交但如果你结交了
总能听她们说个不停：擅长抱怨
常常咬牙切齿所以我喜欢

机智的女人而非愚蠢的女人①

我喜欢女人
愚蠢的女人带感的傻瓜
听她们呜咽听她们内心
展露无遗（笑声或哭声？）很是有趣
直到她们开始扭动仿佛
不由自控就那样不停蠕动
我喜欢这点这就是为何我喜欢愚蠢的
女人而非聪明的女人

我喜欢女人
年轻的鲜嫩的女人女孩子
她们的乳房仍然在发育
她们甚至疼得厉害她们
只知道自己很想那事但是

---

① 这一节的言外之意是：虽然这类女人喜欢抱怨，唠叨个不停，但她们的智商决定了言说的内容，所以，"我"依然喜欢这类女人。

不知道自己喜欢什么
这就是为何我喜欢年轻的女人
而非年老的女人

我喜欢女人
年老的没有血气的女人
牵肠挂肚的母亲她们的头脑
和身体暴露了自己
她们一向知道自己想要什么
却不知道自己是否想那事
所以我喜欢年老的女人
而非年轻的女人

我喜欢女人
没有生气的身体伸直着
躺在白布底下
冰冷僵硬
铺展不开需要
将热水倾倒在她们身上

这就是为何我喜欢没有生气的女人而非
活生生的女人因为她们是死人

俳　句

*

秋天
袜子不会一夜间
干透

*

多小的桨手
左桨或入水太深
或停在水面

*

闻过百合花
沾满花粉的大衣
你的鼻尖

*

雾降下来了
一切都消失了
这才是你真实的世界

*

冬天的太阳
在冰柱的尖头处

粘住的水滴
*
到处是风
飞舞着
一个塑料袋
*
天空中有什么
正娴熟地削下——
一片片雪花
*
晴朗的冬晨
农舍从天上降下来
落在烟雾的细线上
*
狗拴在花园里
没有哪个苹果落下
是他不知道的
*
所有人都睡着了

只留我与酒瓶
面面相觑
*
最后一样
将我们分隔的东西
是衣服
*
秋天在公园里
在干枯的椴树下
枫树的叶子
*
秋天回来了。
我们少了
一个人。
*
秋天的雨
明晰的面容
在打湿的海报上

口 琴

小心，
鹅啊——
摩天大楼

仲冬的风
集市上的小贩在叫卖
玻璃葡萄

稠李开花了！
但无人欣赏：
所有人都去了土豆地里

扣子还没缝好
天就黑了。
早秋

今晚比前一天
更明亮。
初雪

天空给了
我们雪人
又带走了他

墓地里的笑声
年老的椴树
被年轻的伐木工砍倒

苍鹭
从湿叶蒸腾的烟雾
一路飘来

夏天的雨
所有人都懒得去收
晾衣绳上的衣物

天亮了
游乐场的木马
雪积到它的膝处

菊花的
芳香……
究竟在说什么？

野餐者四散跑开
我雨水灌满了
饮过的杯子

在最低的树枝上
一颗被咬过的苹果
细小的牙印

公园里的夜晚。
蚊子和我
流着相同的血

五片枫叶
换一块沙做的蛋糕
儿童的买卖

下雨了　　　　　　航班　　　　　　夏季的热浪
于是我给窗台上的　　取消：　　　　　孩子抱着稻草人
花朵浇水　　　　　　杨絮所致　　　　去游泳

从来没有安静的时候。
不是夜莺——
就是村尾的台锯。

马利乌斯·布洛卡斯（1977— ）

马利乌斯·布洛卡斯（1977— ），诗人、译者。他曾在维尔纽斯大学学习立陶宛语言文学，现在是一名自由职业者和译者。首部诗集《表意文字》发行于1999年。第三本书《我学会如何不存在》（2011）被授予约特文基人青年奖，获得"最佳青年诗人之作"荣誉。这本书还获得安塔纳斯·米兹基尼斯文学奖。布洛卡斯的诗歌已被翻译成波兰语、俄语、拉脱维亚语、芬兰语、斯洛文尼亚语、英语、德语和乌克兰语。一些诗作也被收录进《新生代欧洲诗人选集》（2008）。布洛卡斯翻译过艾伦·金斯伯格、威廉·卡洛斯·威廉姆斯的诗歌，詹姆斯·G.巴拉德、查尔斯·布考斯基、菲利普·罗斯、珍妮特·温特森等人的散文作品。

自助洗衣房

无数女孩子一头锃亮的秀发
折叠她们的内衣
对着嗡嗡响的洗衣机
霓虹灯
和电视新闻

悄悄地,我观察
她们举行这场仪式
篮子里装满了内衣
带着身体残留的气味

如此严肃
如此美丽
如此专注这些女孩子
谁也不认识我
俯对装得满满的洗衣篮

一门异国的语言
众多异国的身体

还有一个异国的我
将他的破衣服
快速地塞入
洗衣机的喉咙间

他的胸膛绷紧
孤单一人
完全裸露自己
这位立陶宛诗人

雾

我看到雾
淹没了湖水
岛屿悬在了空中

我的湖水
被淹没了
我的岛屿
高高悬起
就像在斯威夫特笔下

——你明白
所有东西如何逐渐消失：
它们去探访
拥抱
牙齿和头发——

雾会盈满你的眼睛
你将闻不到爱人的气味
即使你像飞蛾一般

飞向那一朵火焰

喝酒会让你的舌头
变色
同时你的机智变得黏滞
雄辩变成了结巴

——可是，你总能用迟钝的
手指来摸索

扣紧遗忘的扣环

建造蚁丘的说明

——给埃德加拉斯

首先,你必须长时间对着地面吐口水,
认真地吐,尽量吐出干净的白沫。接下来,咬食和咀嚼,不断
    咬食
和咀嚼。然后将你喜欢的东西扔到一块。面包屑的避难处,
黏土垒成的小屋,筷子和吸管的庇护所。用唾沫涂抹它,
像涂抹蛋糕一样。划出几道开口,一条通气管。邀请朋友
和亲戚一起来。闹腾个三天四夜。大清早到外头
门廊处,光着脚,仔细观察:一些在盯着雾看,
一些在盯着云看,一些在盯着公路看——然后
把所有人都赶出去。找个母的带回家,生养一整窝,
不断繁殖,直到子子孙孙容不下为止。然后一起给他们
施洗,抚养他们,让他们婚配,把他们赶出家门。接着,
把开口糊上,只留下一条通气管和挂在你脖子上的
钥匙,几根圆木,一只家养的动物。当这只动物
哑哑叫的时候,锁上门,拿一瓶酒,走到外头门廊处,
在秋千上摇荡,别停下来。直到秋千呆立不动为止。

无 题

城里有人被隔离
有人在哀悼。所有人
都在等待下雪。

雪下到外墙上
下到街上——
不可抹去的丑陋。

巫婆的数量增长了。
她们出版炫目的
图书
关于她们自己。

巫师在门口
兜售护身符，
符咒的魔力
很早前就已失效了。

白俄罗斯，波兰——

着火的栅栏
到处都是。

被掀翻的卡车
装有冬天的
走私货。

肉被售卖
给路人
几乎免费。

动物已经外迁,
连同宗教手稿的
鉴定专家,
还有任何会走路的
女人。

只有男人
扛着钓竿

和旗帜，
怀里揣着
石头——

所有人
都在一个广场里，
这样更容易
把他们接上来
送往天堂
把他们关起来
直至变得清醒。

在贴有饰面的房子的
窗户里，
在厨房里，
灯光在闪烁。

赤裸的"死亡"
正在冰箱里

翻找。

当她在街上
行走时
是她的
黄色长筒靴
在闪耀。

她注意到我
点了点头。

很快会再见。

圣杜朱凯车站

车站每晚都会声响大作。状如野兽的伤心火车隆隆驶过。
人行天桥上的检票点:把持全局的人
向温顺的民众索要更多。月亮是一把吉卜赛刀
透过烟雾闪着微光。这条路上的一家酒吧:霍普①笔下的
蓝鬼。啤酒,醉酒的兄弟,穿过马路的
发狂的狗。我们这里所有人都要疯了。更远处,
是被烟熏过的土墩,我们并不相信烟熏这一套。儿童——令我们
害怕。树木在地底下变成了蛇。拂晓时——
只有在拂晓时——车站看起来像舒适的牲畜棚。你
返回时,会看到当地人如何用肥皂水擦洗列车的两侧。此时
你听到叫喊声,有时从那里传来阳光和风:
我们将驶向那里。

---

① 爱德华·霍普(1882—1967),美国画家,常用蓝色调来表现城市空间里的孤独。

瑞曼塔斯·凯米塔（1977— ）

瑞曼塔斯·凯米塔（1977— ），诗人、译者、文学研究者。他曾在克莱佩达大学、维尔纽斯和格拉斯瓦德大学修习立陶宛语文学，在维尔纽斯大学和克莱佩达大学当过教师，现在是立陶宛文学和民间传说研究所的学者。凯米塔在立陶宛和国外发表过一百多篇散文、批评文章和学术论文，参加过国际学术会议和诗歌节，从立陶宛和国外获过多项写作资助。诗集《圣灵感孕》（1999）曾获吉格马斯·盖达马维丘斯-格勒奖，论著《20 世纪 70 至 90 年代诗歌的现代化》（2010）曾获立陶宛黎明文化散文奖。凯米塔还出版过诗集《测量河流》（2002）和《轻柔地说》（2009）。他的诗歌曾被翻译成波兰语、俄语和德语。

无　题

我坐在公交车站
在异国的城市
阅读文学理论
我整天都坐着读书
在等待着

一个女学生被三个男子
带走了，只用两句话
就做成了交易，
只不过她看起来缺乏经验，
也许这就是不需要太久的原因。

这里还能见到什么呢

来自农村的一户人家
三个儿子，两个还小
还有一只粉红色的大兔子
他们每人吃完一串烤肉又回来等着

当地的游民,在这里,
在车站,他们究竟在等待什么?
反正他们不会再去别处了

我准备走了,有些俄罗斯族姑娘
来自拉脱维亚,喝醉了酒,正跟立陶宛人
解释如今没有人为爱而结婚了
不过其中有人又结了一次婚,自然
毫无幸福可言,只不过如今最令她伤心的是
把价格不菲的手机落在
一辆出租车里了

昨天,向彼此告别后,
我们沿着海岸散步,
捡拾那些漂亮的石头

以后可以把它们用进艺术里
然后我自言自语道:
石头像云朵一样——
你想看到什么就能看到什么

无 题

我最后困在博物馆里，
大清早，下着雨，
浑身发抖

昨晚过后
我内心的一切都在燃烧，
我没有泉水，
或其他可派上用场的东西

这里可派上用场的东西
却有着机场一样的防卫设施。
于是，我抖出口袋里的硬币，
掏出我的手机，
家里和永远不会回去的
酒店的钥匙，
我交出所有叮当作响的东西，
我被解除了武装

围攻我的①是穿过被雪
掩埋的森林的打猎队伍,
扛在猎人背上的一头熊,
拿着血淋淋刀子的美狄亚,
从咖啡厅里传来的孩童的声音,
过度拥挤的静物画,
凉爽很多的独立展厅里
阿尔丰斯·穆夏②笔下女性的疲惫,
在独立展厅里还可以见到维陶塔斯③,位于
战争、搏斗、鲜血、火焰的中心,
就连他的战马都无处安放它的铁蹄,
因为到处都是画布和画框,
那间展厅里还有
微型的
奖牌,
拿着相机肩上却没有

---

① "围攻我的"其实是挂在博物馆展厅里的画作。
② 阿尔丰斯·穆夏(1860—1939),捷克著名艺术家。
③ 维陶塔斯(1350—1430),中世纪立陶宛最著名的统治者之一。

背着背包的日本游客，
我们没有天然的光，
因为这里没有天空，
只有天花板
亲爱的，
你的脚从石膏云里
伸出来了

在某处，轻骑兵全身泛着白光，
一位社会写实风的洗鱼工
笑着直视你的眼睛
推着手推车的建筑工友
车里装满像羽毛的红砖头，
仿佛墙的另一边没有砖头

没有手臂被钉在
十字架上的人

一只没有翅膀的

鸽子

没有双手的
神的母亲

没有长矛的
圣乔治

一头没有耳朵
或舌头的龙

他们靠着彼此挂在一起,
这样的凝视已经持续了五百年,
亲爱的,我猜想时间在这里无足轻重,
我怀疑他们身上缺少什么,
圣洁的面孔流露着悲伤与平和,
而且,我恐怕得说,
流露着对这个人世的
漠不关心,

像演员一样，被赋予一个
他们并未选择，也无从拒绝的角色，
所有这一切都映现在
展厅里工人们的面庞上，
他们站在这里，好像并非身在此处，
好像不应来到此处，但他们总能随时
向你伸出援手，或告诉你拍照
别开闪光灯，
我不知道我是否应该或者可以
向他们打招呼，
门票的价格
让我觉得尴尬，
几乎感到羞惭，
多离谱的价格——十兹罗提①，
颇不搭调，缺少品味，
不过，倒没什么好为难，
我环顾四周

---

① 波兰的货币单位。

看看是否有人太过留意我的存在，
我环顾四周，开始倾听——

那个拄着白手杖的年轻人在哪里
　　他今早像新芽般在我眼前冒出来
（我勉强才从他身旁溜开）

那些悬挂在这栋大楼的
　　三楼正在等待的工人
　　都在哪里

那个拿着一把被吹爆的
　　雨伞的男人在哪里

那个矮胖的女人在哪里
　　早晨
　　下雨时
　　用几乎像是我的声音喊道：

"哇靠，帮我一把！"①

在哪里？亲爱的，我问道，看着
监控外头院子的昏暗
屏幕——
空荡荡阴惨惨

我环顾四周
在祭坛之门那一侧的
镜子里，我看到天使的目光，
我想起来今天
没有查看电子邮件，
我有一阵子没查看了，
我忘了密码
你甚至可以说，我与人世隔绝了

我环顾四周并宣告——

------

① 原文为波兰语。

看够了，该走了，
可是一下到咖啡厅，
他们便强迫我点主菜，
虽然我只想要一份汤，
我排队等候着
咖啡厅的另一侧
有个女人对我眨眼示意，
我有点窘迫，想回忆起
我们是否认识，
在异国
在异乡的城市
怎么会有一个
我认识的女人，
但这个瞬间击中了我
便消逝了

我在博物馆里

无 题

我一直在思考诗歌,
思考它的语言,诸般不同
和相似之处,诸般优点
和不足

我一直在思考民间传说,
里头的诗歌谱写得多么巧妙,
无论删减什么都失之不当
它们如此简洁,质朴,
又如此华丽,富有表现力,

当代的民间传说
富含生命能量,语言
写实逼真——语言里的现实,
与所有最好的诗人所能企及的
水准相比,不遑多让。

但有趣的是,生命能量,
用弗洛伊德的术语来说,曾被人们

升华成质朴的形式,
尽管那时没有人知道弗洛伊德,
或许他们知道但将他们的
知识升华了,如今

年轻人直截了当地把这种知识甩给你,
对我们这些"有文化学识的人"来说
带点粗俗、偶像崇拜的意味
也许有点,也许没有,我不清楚,但是
他们的语言确实含有不少现实
(如我引述:你丫听见我说的话了吗?我要砸烂你这逼脸!),
这些中途辍学的文盲,
从没有学过如何写作,
这些穿着连帽衫的光头党诗人
从不会做点什么改变自己的人生,
他们将在语言的现实里生活下去。

在闪耀的穹顶下

她端坐
收银台前
奋力坚守下去
还有十分钟就到午夜
耗尽最后一分一秒
几乎不能呼吸
我看不到她在呼吸
看起来她并没有在呼吸
然后一个异象击中了我
一股血似乎从她嘴里沿着下巴流出来
但是出于某种惯性
她仍然端坐在收银台前

这浮现在我眼前也许只是因为
我昨天在画廊里圣斯德望的画像前
站了很长的时间,鲜血从他的
后脑勺滴淌下,一张完全平静的脸
还有一本上面放有石头的《圣经》

我把东西放在腰带上
我把它们放下来看着它们流走了
仿佛一切都被河流带走了
牙膏
一包家常馅料
多维生素果汁
一套 DVD 光盘
焦糖冰淇淋
两块巧克力
一瓶伏特加
下周的电视指南
大米
荞麦
通心粉
三颗红椒
口香糖
半公斤火腿
一瓶矿泉水
带有蘑菇的奶酪

一包葡萄干软干酪
一包樱桃干软干酪
打折的冬帽
运动T恤——也是打折品
三百克自制土豆沙拉
半升一罐的橄榄
六罐啤酒
混合调味品
一瓶油
一个四十瓦的灯泡
一罐坚果
电脑屏幕的拭巾
还有一本俄罗斯侦探小说
总是关于对爱情和凶犯的漫长寻找过程
她似乎不看商品不看屏幕,也不看着我
目光仿佛深陷在什么地方
她只是拿手触碰我放下的一切
好像她根本不在这里,好像那不是她的手
她拿走了我的钱

给我找了零钱
离午夜还有十分钟,不,大概只有
三分钟吧
我们分道扬镳

我同样不知道宇宙、人、一切存在的原因

我记得一位诗人
我与她的谈话
她不停地说话
说个不停,没完没了,要我聆听
这首无比深沉的歌曲
也许我是中东地区的人
她说,那里的人唱歌
总显得无比痛苦
你觉不觉得有点嬉皮风,她说
这首歌能刺穿你的心
我太喜欢它了
因为我早已觉得生活变得乏味

没有生趣

琐事和家庭

你明白吗

但是这首歌

有它就已足够

而人生一片虚空

我越来越害怕，说道，我明白了

我此时更害怕

在午夜里

在超市旁边

等待出租车

思考着

她

那个收银台的女孩

如何打扫她的工作场所

她如何在深夜某个时刻

（那时我可能在睡梦中了）

回到家中

带着从嘴里流出来的一股血

我无法想象
她如何回家何时回到家
当然没有出租车会等她
她也许住得很远
非常远
离这里

无　题

我吃午饭时小餐馆的电视机上
播放了一条卫生棉条广告
我低下头试着去想
远方的事
接着播放的是一则新闻
关于某个日本警察
穿着磨破的鞋子
警帽拉得很低
所以我看不到他的眼睛
但从他脸上的皱纹我猜想
这位警察今天晚上
一定会抓住一个年轻罪犯
也许那不是罪犯而是普普通通的流氓
用警棍好好揍他一顿
揍完又来一顿
把他揍得趴下无法起身
那个警察值班结束后
走在回家的路上一直向前走
哦，不，他会先转个弯

用他的警刀割开
流氓的喉咙
然后他回到家里
也许带着一滴来自灵魂的
眼泪像亚历山德拉维丘斯的眼泪
在葛德瓦尼斯①的脸上显形
他会坐在那里帽檐往下拉
眼泪终将风干没有人会看到
他的妻子朝他的方向瞥视
也不会察觉什么
她不可能察觉到什么蛛丝马迹
他会睡在别的房间
刷过牙把警刀
洗干净。明天还是工作日
接下来休息两天

---

① "葛德瓦尼斯"和前一行的"亚历山德拉维丘斯"是普通人的代称,无特定所指。

安塔纳斯·西姆库斯(1977—)

安塔纳斯·西姆库斯(1977—),诗人、文学研究者、记者。他在立陶宛教育大学修习过立陶宛语言文学。西姆库斯从2004年起开始担任《文学艺术》的编辑,2009年起供职于"Bernardinai.lt"网站,现在是文化栏目的编辑。西姆库斯出版过两部诗集:《杳无痕迹》(1999)和《旺季结束了》(2010)。他凭借后者获得约特文基人青年奖(2010)和维尔纽斯市长奖(2012)。他的诗歌已被翻译成俄语、乌克兰语和英语。

礼拜日的约会

——给亚斯塔

一根白羽,灰尘,
雨前的风之舞。
礼拜日依然安歇
在城中的树荫下。在上帝的

窗户里云朵浮游着
像宏伟的船只
而我们站在岸边——
两个孩子,不幸的人,

来自幸福时代的王国,
此时开始慢慢下起雨来。

在老城区

淡紫,灰中带绿,像钞票,
老城区的灯光,
你在野蛮的后街曲巷付出的代价
抵得上你慢慢知晓的被歪曲的真理。

你这个富人其实一无所有,
除了一条快速翻转的舌头,
四周是无形无声的水雾。
到夜里了。仿佛圣约翰的头颅

乘着像诺言一样沉重的云朵
飘向山头上的莎乐美学校①。
在那位疯子梦见自己的名字,
一阵阵雨水降洒在睡梦的沙漠之前,

在丢弃无用的星星之前,
你可以快快地吸上最后一口烟——

---

① 指一所以"莎乐美"命名的学校。

那烟味就像无趣的一天即将到来的苦涩:
曙光即将照耀在老城区上。快了——

北方的小镇

一

只是乌鸦来此过冬。
明日铅灰色的天空。
公路？没有公路。
只有兵营、塔楼、阵雨，
军队和生锈的红星，
与城市之间隔着一道围栏，
欠缺圆滑的西里尔字母
有理由这么宣告：对我们来说

没有上帝，没有死亡，
所谓的命令就是撤退，
这里一切都很丑陋粗蛮，
我们的北方遭遇了败仗。

二

只是乌鸦来此过冬。
明日铅灰色的空气。

街道零乱散布在这片荒地上，
民房旁的营地无人居住。

现在有了超市和办公室，
新迁来的居民、狗和汽车，
极其要紧的广告，
但这样的人从不会再现：

他至少能见证
死亡的存在……
————

北方？
唉，哪有什么北方。

恰值一次偶然的经历，
或一月二十七日夜晚（悼念）

——给维卡斯

我想问自己，我在这个世界上做什么。我做了什么。
但那又如何呢。如何。
雨落在大街上。雨落在大街上。雨啊。
两个人走了过来。他们当中的两人。
一人手背上有一个刺青。一个十字架。
另一人的牙齿都被打碎了。他面带微笑。
他们命我给钱。命令的口吻。不是讨要。
我说道：如果你找到了——那就是你的。如果是你的，你就会找到。
我说道。我面带微笑。
我明天要离开了，我说，大路在等着我。
大街上依然下着雨。雨落在大街上。雨啊。

我想问你，你在这个世界上做什么。你做了什么。
即使你的手背上有十字架。即使有些东西真的缺失了。
即使你们走在一起。即使带着你残破的笑容。十字架。

我邀请你和我同去。踏上大路。走向这个世界。
那又如何,你会说。我面带微笑。

如果我知道点什么。如果我至少知道点什么。
我会说,那是你的。如果你找到了,那就是你的。
雨落在大街上,那个十字架,那条路。
而你,如果你知道,如果你知道点什么,
你会问我,我在这个世界上做什么。什么——

旺季结束了

旺季结束了,
皮条客带走了妓女,
出轨的妻子把丈夫装进行李箱里,
游客空空的钱包
显示当地资本家的胃口。

旺季结束了,
风正努力将残剩的蝴蝶转变成
昨日树叶的日历;
沙漠适合奇迹的发生——
杂乱的度假村不适合穿着整齐的资产阶级。

旺季结束了,
荒凉笼罩着小巷,
阴影覆盖着酒吧、广场、凉亭。
你将返回家中。只有一片荒地留在这里
给诗歌攀爬。女士们,先生们,派对结束了。

多纳塔斯·佩特罗修斯（1978— ）

多纳塔斯·佩特罗修斯（1978— ），诗人、散文家。他曾在立陶宛教育大学学习并获得文学硕士学位，担任过立陶宛作家协会的项目主管，是作家协会基金会的主任。佩特罗修斯出版过两部诗集：《顽强之D》（2004）和《不定过去式》（2009）。前者获得约特文基人青年奖（2004）和吉格马斯·盖达马维丘斯－格勒奖（2005）；后者赢得立陶宛作家协会奖。佩特罗修斯的诗歌已被翻译成英语、拉脱维亚语、俄语、瑞典语、加泰罗尼亚语、波兰语、白俄罗斯语、乌克兰语、格鲁吉亚语、现代波斯语、保加利亚语、罗马尼亚语、土耳其语、威尔士语和德语。他的文章被翻译成英语、波兰语和德语。

一天天前所未有

我开始相信佛性的元素已然不在了
无论是在我身上还是借给我外甥的小狗身上或者
舞蹈着穿过沙棘残株的红腹灰雀身上但你察觉到了
你表面上变得越来越孤独随即你开始明白
里头坐着另一个人像你一样一个替角跟你能想起的
所有人喝得大醉徘徊在别人破旧棚屋的周围
在公路上穿着扯破的裤子清理他的因果业力并制造骚动
在我失眠的夜里

我已经从自己的墙上取下基督教信仰但察觉到
那些亡者仍然躺在那里我离开他们的地方随着每个永恒的轮回
你越来越强烈地感受到自己的角色你日夜追随着那些亡者
睁大眼睛你在空白的书信中留下斑斑白点并向他们解释
新技术或将最新的体育新闻读给他们听你可以沥尽心血地
努力全凭你自己的心意但一切仍然是他们离开时的面貌

我已经将艾蒿绑成一根扫帚驱逐所有异教元素
连同不可耕种的先祖的土地连同渗漏进这一楼层
缝隙的砾石但又一年的光阴像白色幽灵般飞驰而过

一月月像一口口空气
一天天都是前所未有

幽灵犬；武士之道

我第一只狗是淡红色的，
有野性。我还在克服
万有引力，试着习惯我最早
迈出的步伐时，他常会挣脱
身上的锁链跑了出去。有一回
他再也没有回来。他的名字叫
"大熊"。

我第二只狗是黑色的，所以
我叫他"大熊"。他太瘦弱了
挣不脱锁链。他听到
我们的邻居在弹奏小手风琴时
会忍不住狂吠。所以我从来没从那只狗身上
学会任何东西。四月十二日
加加林的复活节①前后他呜呜地
叫着，祖母或外祖母（与这个故事

---

① 1961年4月12日苏联宇航员加加林坐飞船升入太空，绕地球飞行一周，完成了世界上首次载人宇宙飞行。1961年的复活节在4月2日，离加加林太空旅行不远，所以诗人把那个复活节称作"加加林的复活节"。

没什么关系）对我解释道，
星球大战还没有消停，
如果美国人往我们头上
扔个星星，我们都会冻成冰人。我那时
善于接受，竟然相信了她的话。

我第三只狗极具传奇色彩，
这一点显而易见，所以
我叫他"大熊"。他具备武士
所具有的最好品质和一个缺点——
他太独立了：他消失后
又会出现，全凭一时兴起。
通常他会把我一个人丢下来，
导致我的后方失去防卫——秘密任务
才执行了一半——我以黑色的
塑料管充当最锋利的宝剑，
保护自己不受黑影和高大植物的
攻击。

我问过《易经》：我将来会被
授封为武士吗？出来的结果
是最吉利的（第五卦）①，但什么
都没改变。只是很多年以后我才
从自身行为中明白，我从狗那里
学到了各种生活的本领——如何挣脱项圈，
如何玩一些别人难以看懂的动作，
如何不被人看见，躲在暗处。

---

① 即"水天需"，表示云气上聚于天，待时而降之象。

地球如何带我运转

如果我具有贵族血统或者至少
我的祖父母有更丰富的资源
没有一辈子都忍饥挨饿
如果我的父母获得一辆日古利车①的配额
或至少一张转角沙发的票证
我如今定然是以大不相同的姿势站立
在社会的高阶上牢牢占据
自己的位置我也许会在世人中间
走出更远的天地也许他们会更加尊重我

如果我继承了银制的套装餐具
某处庄园里破败的外屋有意义的
画框里古老的画作积垢的
镜子里高贵的幽灵或者至少
证明我们曾拥有一半西北公司②的
文件我现在也许会从事写作

---

① 1970年至2012年间在苏联或俄罗斯生产的一款轿车。
② 加拿大一家跨国零售公司。

如贵族一般点燃细长的蜡烛
对着雪白的袖子挥洒珍珠般的眼泪
我会是一个阿克梅派①诗人或者至少沿着

那个方向从那些常有人走过的拐角
穿越游乐区我想到如今我都拥有
什么除了满墙满墙的书四双
运动鞋一双用于在泥土
和灰尘中行走一双用于在人造
草皮（足球）中奔跑双号的日子
穿灰色的跑鞋单号的日子穿白色的跑鞋
第一双湿了还有别的鞋子可用我
感受着松树的潮湿被系在
一只借来的狗身上突然我飞到了
栏杆处向外探出身体去查看是否
风仍然在摇晃着这座高悬的
索桥是否地球依然载着我
穿过这世界的四大角落

---

① 20世纪初俄国的一个现代主义诗歌流派。

小公牛祭品

在雇来的马匹协助下我们牵着这头拴在货车上的小公牛
按活畜重量来算他能卖出 400 千克的肉每千克 2.70 立特
这头被拴住的牲畜在反刍——胃里空空——是谁
在这些牲畜临死前警告它们是什么让它们清理自己的
身体又是谁定下的价钱

我们牵着小公牛他的蹄子踏不惯沥青路所以打滑了
这头牲畜滚到沟里——整个队伍都停下来了
就在这个瞬间我明白我不再相信
这个祭品会被接纳或被众神需要

这头公牛将货车撞成了一个路标
让整个世界翻了个轮朝天此时此刻太阳
正沿着地面向前滚动于是我明白了
"我们的钱快烧光了"是什么意思——我这一刻
必须亲自判定——我对这头牲畜意味着什么我是否有权利
以他的死亡来延长我生命的盛宴我是否
无耻到一边切着他的肉一边对着他受惊的血尖叫

一团白色的尘埃在眼前升起里面闪烁着
一辆上了锁的鱼鳞纹镀镍自行车一位穿着
油腻托加袍的泰坦在午休时间忙着自己的
杂务他让我们回到（最直的）大道上
叫我们不要去想刚才我们正踏着沥青或者树梢①
往哪里走不要让愧疚积满自己的脑袋不要总渴望着
找到众神赐予我们的权利礼物和恩典

哦众神啊接受我们牧养的祭品让我们的
灵魂重新披上毛皮进入
你永恒的狩猎场

---

① 在上下颠倒的世界里，树梢恰好在我们脚底下。

当代史中的自然研究

关于人类,他们的内脏
和生殖功能的知识——直到九年级才传授;
在那之前,我将不得不设法忍受
八年级杂乱的动物学:
从刺胞动物门到象科
和大象。无所不包。
七年级:我变成一头小牛一路咀嚼
消化着树木、青草、灌木、
地衣、苔藓、蘑菇,以及其他植被。
至于怎么了解大自然呢?如果是晴天,
你就可以找到方向顺利回家。
如果是阴天,那意味着你会迷路。低头看
地衣和苔藓。别慌张。别乱跑。
你跑起来时,左腿更短一些——
兜圈子回到同一个地方,同一个时间点,
回到同样的心情;即使气味也是相同的——秋季
那些未读的大部头的书——九月
刚起头就开始发放当代
历史——但我立刻看得出来——

它在撒谎——这种历史毫无新意：三个孩子
被登记进档案里他们的情况得到评估
就像学年里一样：开端——很好；结尾——
很好；明年——同样也很好——
你想写什么就写什么，你糊弄不了我的：事物越往前发展，
新旧交替的速度就越快；
当代历史截止到前年的前一年：
那时我还有两只运动鞋
我把它们放在没有上锁的储物柜里
有人把其中一只扔到天花板的巨网后头
那张网原是保护体育馆里的电灯不被击碎
我应该把那只鞋弄下来，但到哪里才能找到那么长的杆？
此处的小镇不会长这么高的树木，
于是我去"黑森林"查看情况——那里有着
难以穿透的强大力量！——我将带着斧头现身
也许那里就是我的终点；
沿着森林的边缘——运载碎木材的卡车，
木材加工机器的森森骨架，
管理森林的人员的头骨，逃往别处的农民群体的

石化脚印——当代历史很久以前
从这里开始却没有持续多久——
海狸和其他野兽堵塞了排水系统，
这片土地像文化中心的散热器一样在三月
突如其来的霜冻期里爆炸了；
我过去常在暗夜里坐下来重温老电影
那些夜里我们帝国无人引导的卫星
会飞进地球无声无息地燃烧
在我们大气圈的最高层——
但也不必然在夜间，因为有时白昼会大放异彩
明耀无比，你没法解释这样的光——
它究竟从何而来？

艾格妮·扎格拉卡利特(1979—)

艾格妮·扎格拉卡利特(1979—),诗人、散文家、文学评论者。她的第一本书《我要结婚了》(2003)具有反讽自我和反思亲昵言行的特点。扎格拉卡利特因为这本书获得2003年最佳文学新人奖。在第二本诗集《关于艾丽莎·梅尔的真相》(2008)中,她确立了自己成熟却又俏皮的诗歌风格。扎格拉卡利特的诗歌已被翻译成七种语言,诗集《艺术克隆》2010年被译成英语并在美国出版。她题为《森林向导的女儿》的小说出版于2013年。她因为这本小说获得朱尔加·伊瓦诺斯凯提奖和爱国奖。她现居布鲁塞尔。

无 题

我说的是一个俊美的男人，
像年轻之神一样英俊，却不年轻：

像年轻之神一样闪着苍白的光，
像风一样凌厉一样干，
扔沙子到眼睛里
令人眼神迷离的罂粟神，嘴里哼唱的睡神

三月青灰色的额头
被阴沉的河流环绕，
深蓝的静脉在太阳穴处
相交，像五月的轻风一样柔软。
惊奇的皱纹和忧虑的皱纹
交汇：额头的火笼上
六月风的火热气息。

皱纹织成的网——如此易碎，
我的爱人是文物研究者，
柔软的银色眉毛上

长着芜杂的霜草,
精致的唇弧线
但太令人痛苦了
当倒钩松开的时候。

他快速地老去——一切都下垂,变长了
就连面部也耷拉了下来——
鼻子变大了,但心变深沉了,
年轻之神的画像迅速残破,碎裂——
一头吹奏笛子的山羊取代了它,
昂首阔步酩酊大醉的萨悌①,
因爱而号叫的潘神
——那样的号叫,只有变回摇曳的花朵,
变回植物一般的存在的姑娘才不会恐惧——
一支长笛,一个浑身闪亮的窄臀的
乡村姑娘,一支温暖的簧管
或者雷雨过后用柳枝削成的
一支用完即弃的口哨。

---

① 古希腊及罗马神话中半人半羊的森林之神。

最长和最后的诗

有什么人我会无数遍、无限次地爱上?
爱上无数遍、无限次以后
我还会做什么?

我打开相册时那些人①就站在
眼前——他们被贴在那里,
肚子收得紧紧的,这样就不会表现出
自己的目光有多温和,有多少惊恐。
我越少向他们敞开自己
他们便越快地变淡、褪色。

当我偷偷溜走并写下这首诗时,那些人
会在午夜的睡梦里喊道:"妈妈!"

那些人会大叫:"我那东西在哪里?你把我的东西放哪里了?!"
直到钛头盔的护面铁网沾满口水

---

① 从下文来看,"那些人"主要指"我"的子女,但也不排除其他家庭成员或朋友。

(你那东西在沙发底下——我给一个孩子玩了,我后来走过去的
　　时候不小心踢到它了。)

那些人会对我说:"小心,千万要小心。"
他们通过电视屏幕向我歌唱。
我曾如此深情地爱上他们,我常请求
所有圣徒让我紧紧抓住他们,但在所有教堂画像上
所有圣徒都摇头说不。

我听他们说话,就感觉一个光环从我的后脑勺
长出来,可他们给我看冲洗的照片,
在上头我们看不到圣徒的光环。

他们会说:"停下来,你,快停下来。"
我就是停不下来,该死的,因此更紧张。

他们会说:"试试看吧,你也许会喜欢呢。"
于是我试了一下,开始害怕自己真的会喜欢。

他们会说:"试试,试试看吧,
尽情地玩,你会慢慢习惯的。"

他们此时在喊:"冷——冷——冷——啊——!"为加强语气
他们会在深夜两点叫道:"我要尿——尿——!"此时我正在写
这首诗,也将是最后一首,这就是为什么我急于将那些人
放入我的诗中,所有那些我爱的人,所有那些我会无数遍、无限
　　次地爱上的人
所有那些爱上无数遍、无限次以后,
仍会再爱上一回的人。

如 今

我只想写动画一样的
诗歌。
比方说,我会为你描写
狐狸优美的一面,
我甚至会在它上头咕咕地叫着。
我会咕咕地叫着扑向它,
你会忍不住发笑,热血沸腾,
并沸腾了文字里那只狐狸的血液,
像刺青一样明亮,镜面上的
贴纸,臀部着地蹦跳——它会
用爪子咔嚓咔嚓地
抓挠你的脑袋,穿越你心灵四周的花纹,
那只小小的、闪耀的狐狸会四处奔逃,
小如火花,
头骨之桶里的一点光芒,
某个侍女或蓝血佳人①也许会发现
你坐对一本小书喃喃自语——

---

① 指身份高贵的女子。

火,尾巴,可爱的小猫咪——

就这样絮叨叨,乐呵呵,傻乎乎,乐呵呵——
你啊,读者。

草本学家

我过去喜欢草本植物
这位是我的草本学家——我学校的"生物学家"曾这么说,
她以金色的胸针为护盾;
丁香色的云朵缭绕在太阳穴四周
我为她跳舞好像她是极为芬芳的香料,
我把从所有生物竞赛所得的奖牌都摆在她面前
我说对了剪股颖的名称
刀鞘拍打着我的大腿,草本学家
告诉我它们的秘密,地衣,苔藓,那些小老太太,
我十二岁,十三岁时
我不再会瞥见一朵花,就说
多美丽的花啊!——我只看到
配方、草地和松林里
在我面前展开的隐秘空地
像刻有符号的盒盖
我削下菖蒲根的皮,将比以往更清晰的
世界的外皮剥了下来
有着披针形叶的十字花科植物,双子叶和伞形科的植物——
我走在花园的栅栏上,

吊起被露水打湿的细茎上的植物，
然后扭断它们多脉的脖颈

它们的绿血在我眼里多美啊
我注射了大量它们的血液

我割下了草头，草也向我砍回来
我用舌头品尝它的伤口
我闭上眼睛从味道、气味、记忆中学习
如何在需要时解开它们的名字
我嘴里膨胀的种子
我头发里的羊胡子草，我们笑开了，我们笑开了
荨麻在我的皮肤底下沸腾

我降到地底下，手指抚摸着
不断延伸的根脉，
我追寻着泥土里裂开的根节
泥土是我的世界，我自己的王国，
我统治着用草本植物铺成的阁楼，

&%＄*！① 我过着这样美好的生活
直到十三岁，我为什么需要
在草丛中找到一个词，
拿我的情妇来换取一位恋人。

---

① 这些符号是原诗就有的，可能代表草本植物类型的繁多。

我为什么停止写作

今晚年轻的普克雷维修特为我证实
我已经为自己琢磨出来的
迹象——她的绿风车沙沙作响,
我那位热忱又温柔的刺客散发着风的气息,
键盘咔嗒咔嗒地敲击着他的后背,
我快乐地穿过沾满露水的草场,
蓬子菜鞭打我的小腿,撕裂
我(仿佛涂上去)的红色裙子,我仰起
满是疤痕的下巴心想——
我以前不去思考什么
如今也不去思考什么,只是如实
把话说出来,不会为此歪曲
自己的心智。
那天清晨我也许失去了心智
河水闪闪发光,慢跑的小路
空无一人,路灯散着红光,
深邃而迷蒙的盐海上
银鳞翻动,我将蹚过去的
及膝深的湖水如同一面面

难以辨识的镜子,
我用鱼骨梳理自己的发辫,在敞开的
窗户旁歌唱,太阳的刀子抹去了我的眼泪,
我用清凉的松枝装扮自己的头发,
快乐地穿越森林的空地,
那里被黄色的银莲花淹没,
愉悦的思考,什么都不
去思考,就让什么人给我
书写无绝期的
爱情,它柔滑的、灰白的
尘灰不过是
用以伪装的湿黏土,
快乐的
我哼唱着无绝期的——直到——
在火中沐浴时脚跟没有得到防护,
如此优雅你不妨喊出来——
草丛里有一条蛇。

葛德尔·卡兹洛斯凯特（1980— ）

　　葛德尔·卡兹洛斯凯特（1980— ）曾在维尔纽斯大学修习立陶宛文学，目前正在撰写博士论文。她的第一本书《学校拜拜!》（2001）是一部散文集。第二本书《艺伎之歌》（2008）是一部诗集，为此她被授予约特文基人青年奖。第三本书《圣经注解》（2009）与尤利乌斯·萨斯诺思卡斯神父合作完成，是对福音书的评注。第四部诗集《宫娥》于2014年问世并获得朱尔加·伊瓦诺斯凯提奖。自2010年起，葛德尔担任文化周刊《北方雅典》的编辑。

为什么有时候想切腹自尽有利于防病健体

你把你所有的书都清理了擦除你对它们
说过的短语还有爱之铅笔的涂鸦和
唇上的瘀伤然后让它们背靠背有序堆叠起来
让它们转过脸去免得性致勃勃地面对彼此
仿佛它们是处于 69 体位的调情者用福楼拜和瓦尔德的
语言做词不达意的交流

你小心翼翼地向每本书分发古拉格数字①并写道:

如果你想看到耶稣基督/别想着偷书/
这是我的书/神是见证者②/我请求你别偷书③/

因为书价格不菲④/谁从这里偷了一本书/谁就有

三年时间/在地狱里呻吟(这是给那些无可救药的

---

① 指古拉格劳动营里给犯人所做的编号(常印在布条上,别在胸前或后背)。
②③ 原文为拉丁语。
④ 原文为波兰语。

老姑娘的处罚）

至少死了以后没有人敢接收它们会被
传给文化水族馆里的鱼儿或传给孤儿院
那里你不会强暴那些堕落的外国妞因为她们
会先强暴你她们身上写满了被禁的性事
像完全不为人知或为人熟知的身体
我自己不知道那究竟是闺房还是图书馆

我让幻想潜入你留在书里的香水味
我们在阅读同一版本的不同书时
都会读出这样的香味

因为如果我不为人而活那么至少我可以为书
而活用纤细的彩色马克笔在上头书写
我在眼睛（"眼睛"这两个字）下头画线无须后悔
毕竟那些线条是我的

我的大众书（往往很年轻但有两本

是用糟糕的苏联纸制成的纸张散发
老枫叶的气息）阅读那些书你只想死去

你揉烂你的手稿像你整天装在口袋里
被压烂的蝴蝶标本你撕烂了
一个你在远处找到的垃圾桶（因为戴白手套的
刑警会来检查资产状况）

你在浏览摘要时不经意间开始阅读
一篇法律讲稿：如果你英勇拯救别人的生命，
人寿保险公司为何不会将"自杀补偿"
支付给你。

你整理好你的照片并销毁底片在底片里
你一丝不挂地搔首弄姿你没有瘦下来的小腿肚
看起来像狼的舌头闪烁着绝望的脂肪的光泽

你会发现一本破旧的《花花公子》它没有用腌在果酱罐里的
美人让你浑身兴奋她们的乳头像亚美尼亚无花果一样大小

那曾经是你最大的渴望

很少有东西是我真正需要的

你一点一点地安排你的生活,不会再想自杀了事

无 题

欧洲广场上一位穿白裙的小女孩
正围着墓石奔跑，在那些墓石上头
设计师本应刻上《宪法》或至少《第九交响曲》，
但他们为涂鸦和意识的滑板留下了空间。
我仍站在高处的露台上观察着她，即使天冷，风
吹乱她的头发，愤怒地冲撞着我的纸张，
仿佛风想将埃拉托的衣服[1]浸在冷汤里。

我正在读自己朋友（这些人我都认识）的诗歌，谁比谁
写得好并不重要，所有体育竞赛
都失去了意义，在这个时刻
奥运赛事已经停了下来，奔跑的路径
已经成为死亡之路（他们每个人都比别人
写得更好——庄重而缓慢地书写，遵循一条规则：
从不去言说不言自明的事物[2]，

---

[1] "埃拉托"是缪斯九女神中司抒情诗、爱情诗的女神。"埃拉托的衣服"指作者的诗稿。
[2] "天空"（很可能是宗教法则的象征）和"道德法则"都属于"不言自明"的事物的范畴。

因为我们不再留心天空,也不再留心那些仍被
短跑者庸俗化的令人痛苦的道德法则。
所有必然的事物都已得到开脱和理解,
诸神之名已经记住,滑板课程已经修完)。
在他们的诗歌中,他们为我们
自豪地洒下一些眼泪,因为我们寥寥无几,因为没有人
留心正在甩卖的希姆博尔斯卡或其他那些已经取代
我们糟糕传记的寂寞图书。
那位姑娘数着刻有符号的墓碑,从上头
——爬过——多可惜啊,一位年纪略长的女人
准备离开,牵上了她的手。
出人意料的是(比风更真实)这位奥林匹斯众神的女儿
轻抚着我的心;在波斯语里茉莉花的
意思是神的恩赐(对我而言,她是真正意义上
被风摧折的茉莉花;正因为风
书合上了,汤也冷却了)。

在他们的诗里
他们提出了至关重要、举足轻重的

问题，这让天空和
所有道德不值一提（借愚蠢的记者之口
来假设）：诗意在哪里？
那位坐在墓碑上的孩子会回答：就在这里。

那受诅咒的幸福在哪里？带着它
我们一次又一次地回到童年。

哦，我多想她长大后
能读到这些诗句！

生命的目标

出去走走,随便看看
——在无轨电车上一个女人打电话说

你只要有点钱,你就成了白痴。
他为什么会和她去看一场无价值的演出?
马丁·路德,这就是我的立场①。

哦,她如此优雅,就像小提琴凸起的琴弓
落在缆索的中音线上——
她的坐标系。

她也许有工作,比如,心理咨询,
强迫年轻的姑娘罗列
她们想实现的所有事情。

如果我出生在古希腊,

---

① 据说是马丁·路德的一句名言。

也许我会成为陶艺家，
描绘那双直直回瞪我的眼睛。

如果我出生在革命之前，
也许我会成为自由思想家，效力于拿破仑的士卒
（只有战争才会把那些蠢蛋变成男人）。

如果我出生在一个世纪前，生活在热迈特①的故事里，
我也许不会活过二十五岁，
死于阑尾炎。

这个礼拜末我想做什么呢？
观看电视机里播放的可笑电影，
从宣泄中哭泣，或者织点东西。

我想活在昨天，更甚于活在明天。

---

① 热迈特（1845—1921），立陶宛女作家。

无 题

我还没读过拉康,
但我知道女人是不存在的①。
男人向我透露了这一点。

在无轨电车上,我害怕坐在她们身旁,
她们有着雅利安人的目光,自信,双腿大张地坐着,
占据了一张半的椅子。

维斯瓦娃想成为美术家,最后却成了芭蕾舞演员,
我清楚地记得她当时对我说的话;我们用陌生的语言交谈
带着彼得堡口音;那种口音是那些我鄙视的
老迈干瘪的编舞者留在她身上的痕迹;
满头白发的教师以黑丝带为装饰,
常会拄着手杖来到
饭厅里称凝乳的重量,这样,当维斯拉娃
吐出一盒拿破仑蛋糕时,她就不会

---

① 拉康认为"真实的女人"是不存在的,她永远被符号秩序内某个对象的位置所取代。

再将她的食物描画下来。
多么可怕啊，她背叛了自己曾谈论的一切！只是为了
让自己的一条大腿，
挤占去无轨电车的半张椅子。

我记得另一位维斯拉娃告诉
我的事情；她在书信里
提及赫拉克利特的河流①，那里鱼儿肢解鱼儿，
很久以后，在同样的语言里，她几乎忘了它
从我们童年时代就已出现，像一个神话
关于从我们嘴里不断外吐的存在：
她并没有撒谎否认这个事实：她喜欢
令人感动的明信片，金闪闪的小摆件，
像甜点一样美味的凝乳，
瓷塑的小雕像，用十字针法绣成的天鹅。
她总在俗气的商铺里寻找这些东西。
她像称量食物一样称量它们。

---

① 赫拉克利特有一句名言，就是"人不能两次踏入同一条河流"。

获得诺贝尔奖之后她能买到多少这样的东西!①
但她的话语是船只,我偷偷用来
甩掉《伊利亚特》里的所有男性,
我甩掉了我所有不适于跳舞的直觉,
我用砖头堵住了声音。

那是春天的河边
一只鸟儿叫唤另一只鸟儿的声音。

---

① "维斯瓦娃"也是波兰女诗人希姆博尔斯卡的名字。从获得诺贝尔文学奖和收藏小物件的细节来看,这一节的"维斯瓦娃"是以希姆博尔斯卡为原型。

在公园跑步

路上的蜗牛:有一些被汽车和自行车碾碎。
我从来没法平静地跑过去,总会停下来把它们从沥青上扯下来,
或将它们转向道路的一侧,改变因果业力。实际上,我害怕
它们从我身旁偷偷地爬过。我母亲的真丝连衣裙——棕色点缀着
　白圆点——
在获得生命之前,我就依偎在那里。
我数着那些圆点,却从没有数完:
地上的稠李花。

我似乎已经体验过所有情绪:我不向往
掌声或带环的金属小盒,骑士的爱,
与别人的隔离,囚禁学舌鹦鹉的
金笼子(我可以在笼里歌唱),
不向往爱抚(甚至违背人的性情),有阿喀琉斯之踵的鞋子。
现在我不再细数圆点,而是慢慢整理旧电话里的
信件,那有助于消除无意义之感。

如今我并不渴望体验自己昔日渴盼的大多数事物——
我不需要大海、异国、家宅,

这种或那种的音乐——我根本不需要这些东西。
我不渴望学习各门语言,认识
有趣的人,过上放纵名妓的生活
或高贵苦行者的生活。
我不需要孩子,与他们渐渐生分,离无益的
互联网孤独越来越近。
我不买梦寐以求的书,或者消费不起的美食。
我不再因吹奏长笛而流鼻血。
所有伟大的激情都已体味过,崇高的事物不会
在太阳底下出现:求知或寻解
看起来同样像是对钱财的渴求。
我并不渴望全心全意地爱上帝。我并不怀疑他的存在。我只是不
　服从
他的律法。我不会在自己的长大衣的肩章上寻求更多的星星。
我并不期待春天,以便勇敢地跨马出行。
从我经常梦见的桥上跳进河里
(为了我象征性的诞生)——潜入羊水,
回到子宫,重温洗礼——
我只想感受这一点:我还活着。
水泼洒在我的灵魂上。

伊尔兹·巴丘特（1984— ）

伊尔兹·巴丘特（1984— ），诗人。她研究新闻摄影，在广告业工作了七年。第一本诗集《大篷车摇篮曲》（2011）获得吉格马斯·盖达马维丘斯-格勒最具分量处女作奖，跻身年度十二本最具创意图书之列。巴丘特为被雇主压迫的工人撰写并出版了实用指南《炒掉你的老板》（2013）。2014年，第二本诗集《嘉年华的月亮》问世。巴丘特的诗歌被翻译成英语、法语、德语、俄语、拉脱维亚语、乌克兰语、巴斯克地区的加泰罗尼亚语。目前，巴丘特从事与创造性和个人发展相关的工作。

刀园里的绣活

我是一个女人———扇敞开的窗户,
埋葬了一个赤身裸体的私生子,
我是每晚横扫花园的侧风。
我悄悄剪下一缕头发,

头发间弥漫着那不愿
触碰事物的双手的气味——
每修剪一回,我的辫子
就会变短一些。在我的马厩里

高大的骏马察觉睡意大军
正在无面男的驱使下
逼近,不禁抬起前腿站立——
那人没有被拦截——也没有交给

我或其他人。随他去吧。
我的朋友,请扣上我的紧身胸衣,
这样我就不会探出窗外
观察我横扫的风刀如何

在花园里一寸寸地发芽抽条——
刀刃如何从土壤中升起
将满月削成了月缺。
狗儿——连它们都感觉不到

睡意如何开始进攻。
亲爱的,将那个针线盒
给我吧——我想
用梦来缝合我的双手。

冻　雨

从这里——我们潜入地下墓穴——
我们的防辐射服显然已经破裂。
有人打滑摔倒了——穿过看不见的
烟雾我仍然什么都听不到，

我仍然不知道这把钥匙有什么用——
这么多门，它们看起来都一样。
没有时间，没有客套，没有得体的手法——
我捏着你的手，输入密码。

贴着墙走。我在黑暗里摸索——
十二步就到隧道的尽头，
显然空无一人，但没有逃脱的机会——
我们的眼睛在火光映衬下：潮湿的蛋白石。

在我手里——一张静脉图——
毛细血管蜿蜒地穿过掩蔽壕。
你知道我们谁也不会停下来——
是谁把我们像发条玩具一样驱使？

我们不会遇到别的人——他们
留在上头，在第一次爆发①之前。
这里没有草场——我们缺得太多——
小桥，长椅，在梨树下轻轻

跌倒的追逐蝴蝶的孩子。
现在，我只是沉睡在地底下的荡妇。
我们头发蓬乱，一副惨样，在防毒面具下面，
一面做爱，一面聆听外头的冻雨。

---

① 指第一阵冻雨或第一轮毒气攻击。

所谓渴望就是用手走路*

请原谅,我没有告诉你——我在马戏团长大。
他们曾让我跟着魔术师学艺——
从黑夜里凭空变出几只兔子。

某个没有买票的人,
曾被解扣检查到傍晚,教我要有勇气
让东西一点点开裂——不要一下子打碎。

我由十个小矮人抚养长大。
我帮他们挑选服饰和化装,
曾俯下身听他们唱摇篮曲——

我的成长超越他们的高度和我在此的时间。
他们会告诉我:去旅行意味着没有早去
那些不了解你的地方。

我是由瞎眼的杂技演员抚养长大——

---

* 马戏团里杂技演员的一项绝活。

他训练我忘记地球的引力
靠着我的双手走过山谷里

每个小镇,让我的鞋子
装满天空。在那些同心圆构成的
场域①,我就是唯一的目标。

我不被允许触摸——不能触摸墙壁,
奇怪的声音,恐惧——直到我能
在一把把飞刀中间稳然不动:

任何被刀刃驯化的东西——都能持久。
他们②自觉自愿地记着我。
拜托,只是没有人可怜我。

---

① 可能指飞镖盘或马戏团飞刀表演中的道具。
② 指那些教导和养育"我"的人。

伙　伴

那天我在看一个小男孩，
在树木间的无荫处，
在落叶的帐幕下。

直到白杨上的乌鸦笑起来。
直到太阳劈开云朵——
向前翻滚——像石头滚过墓地——

它的灰边在城市上空翻滚。
背街小巷让它皱起了脸，
疲惫的城市变得安静。

它在做梦：
梦见天气不会变冷，
梦见没有狂风，
梦见还有一些乙烯树脂留给音乐。

城市看上去沾满了黏汗，
在哭泣中吐着暑热和烟雾，

有着路边寒鸦一样毛糙的外表。

那天我在看一个小男孩。

十一月正牵着他的手向前走。

他安静地旋转着他的轮椅。

给瑞秋的摇篮曲

我父亲的笔记（1943）①
收起你的娃娃，
瑞秋，
把他们放到
马车里
合上
他们的眼睛。

城里的人
还未从梦中醒来。

我们
还是可以溜出去。

没有人
会看到。

---

① "父亲的笔记"（该诗开头和结尾部分）是一位犹太父亲在"大屠杀"中写给女儿的文字。

晨光的苍白
外衣
浸在蓝雾里,
气喘吁吁
一只狗

像一只鸽子
畏缩
在那里,
远远的,
一个人。

叫喊了出来。

跌落
在草丛里①。

---

① 这个人被狙击手射中,跌落在草丛里。

收起我,
瑞秋,
从曙光的碎片里,
从疲惫的回声中。①

那个时候——
那个时候我没有叫醒你——

让你接着睡,孩子。

于是你接着睡。
接着睡
只有你。

---

① 父亲叮嘱女儿:将来收起他的尸骨(像收起她的娃娃那样)。

明多加斯·纳斯塔拉维丘斯（1984— ）

明多加斯·纳斯塔拉维丘斯（1984— ），诗人、译者、剧作家。他毕业于维尔纽斯大学新闻专业，目前正在立陶宛教育大学修习文学。他还是 LRT 广播电台文化节目的负责人。首部诗集《着色的眼睛》（2010）获得吉格马斯·盖达马维丘斯－格勒最佳处女作奖。第二部诗集《莫》发行于 2014 年。自 2011 年以来，纳斯塔拉维丘斯一直与著名戏剧艺术家瓦伦提纳斯·马萨尔思基斯合作。首部戏剧《禽舍》（2012）曾在马萨尔思基斯经营的克莱佩达青年剧院演出。

红衣主教

当我们每个人都亲自制造出
一颗烟球时,我常想到
人们称作烟幕弹或者闷燃粪球的
那种东西;总之,我们制造出烟球时,
整个村庄都明白了硝石或硝酸钾①
是多好的东西——当然,在这些问题上,一切取决于
你的信念——饱和盐水是多好的东西,
纸张多有必要先喝饱了水,再晾干,
欢迎所有人都来红衣主教团

我们制造出烟球时,
会成群结队前往树林,前往被毁的动物农场,
我们都会前往,守护好我们的秘密;很快黑烟或白烟
就会出现,一年里我们整个村庄
充满红、黄、棕三色,因为我们懂得
可以将染发剂添入配料里——那年
我们终于看到我们母亲头发的本色

---

① 硝石和硝酸钾是制造炸弹、火柴、烟火的材料。

我们制造出烟球时,
便会发生这样的事:我们走入逐渐暗沉的原野,
躺下来,点燃,投掷,等待,观察
白烟,黑烟,各色烟雾;于是
发生了这样的事:我们站在原野上
谁也看不到别人;于是发生了这样的事:
我们站在原野里,却谁也不在那里。

假　底*

为什么我渴望回到那个时候，那个我
那时在我眼里，一切似乎总在
那里，在森林那头到达尽头

我眯着眼睛，伸出一根手指就能够到一切，
我用那根指头将天空一分为二
我可以去往天空也能回来，我确实相信

自己永远无法走到森林那头，
但被我眯紧的眼睛切成两半的虫子
却能变成一只虫子或别的虫子，没什么

会更有难度——在那里，在森林那头——
现如今我连眼睛都难以睁开，因为我、
生命、一切对我来说都太过分，太离谱，

而我曾经培养虫子的那只桶从来

---

* 原指箱子、抽屉、容器底部的活动夹层。

没有桶底——虫子可以随意外出回来——
地球也曾被我切分,如今一切都混合了

因为清晨我摔倒,又站起来,无法
分清哪个是我,哪个是我必定抵达的
或者我必定从中返回的他者的生命

为什么我渴望回到那个时候,为什么我现在才
明白为什么我现在眯起眼睛这么难
也许在那里,在森林那头,真的什么都没有

来自斯塔提宾因库街*的一箭

雅罗斯拉夫从围栏那头叫我过去
告诉我一切都很清楚:他母亲看到
有一只黑猫正在屠杀群鸡

于是我们检查了鲜血染红的鸡圈,白羽鸡
拖着被划伤的尾巴,棕色鸡皮上
血迹模糊,但一切都很清楚:

这只猫必须扑杀,斯塔提宾因库街的男人——
我们,两个十二岁大的男人——会亲手做掉它,
这样我们的母亲就不会再哭泣

雅罗斯拉夫提议道:拿起斧头等着,
或者削几把弓,在每根箭杆上钉一个钉子,
然后一切都会清楚起来

当他花半天时间搜寻杜松或者白蜡树时,

---

* 立陶宛首都的一条街道。

当他在斯塔提宾因库街四处寻找绳索时，
我被他派去蹲守

当然，我利用了这个机会：一个接一个，我把别人家的
鸡蛋，还很鲜活的鸡蛋带回家里；我一进厨房
就打出了一些"果格尔－莫格尔"①

至于那只猫，我们一直等到天黑，什么
也看不见的时候，我们开始朝围栏那里射击
直到我的箭射中雅罗斯拉夫的腹部

当然，他没有丧命，但他有两天时间
没有出门走进院子；后来，我们见面时，我从家里
给他带了香肠三明治，向他道歉，这事就这样了了

后来，我试着把这件事写下来，但正如雅罗斯拉夫所说，
这里一切都清楚得很：

---

① 用奶油、生鸡蛋、白糖、蜂蜜、伏特加打出的甜点。

我们应该选择斧头，后来我们至少有一人

不再待在这里了，因为我后来试着把这件事写下来①，
直至整条斯塔提宾因库街都分崩离析，而群鸡
开始屠杀群猫，如今群猫正在监视雅罗斯拉夫

---

① 诗人的言外之意是当"我"试图把这个事写下来时，我就不再"生活"（就精神归属意义而言）在这里了。

一个故事：
关于过去、现在和其他不将存在的一切

      ———

我刚刚立下坚定的决心：我决定开始
创作，我写下的最早的文字将
不止于已被写下的一切，
母牛绝不再只是母牛，
无故事无现实生活，
一切才刚刚
告一段落

      ———

我应该做什么，我如今应该做
什么，我坐着，这样的沉默
说不出什么有益的道理。

      ———

现在我就想创作：儿子从土地里
生长出来，把自己束缚在那片
土地上，从儿子身上长出了
父亲，天使正在空中
飞翔什么都

没说①

　　———

想当初我哪有什么生活可言，想当初
我和母牛一同生活，我想把它拴住，
它会把青草吃光，无论触碰
到什么，地上都会形成
一个洞，当我把桩子
从地里拔起的时候，
当我把它转移到
别处的时候
另一个洞
会在地里
生成

　　———

现在我就想创作：母牛不会前来把我
转移到新地点，铁链太疼了，
我已经在蚕食一切，

---

① "我"所创作的故事是对现实秩序的颠倒。

从土地里长出父亲
于是我
咀嚼
大地

———

曾经我和一头母牛生活在一起,但我的
朋友总是跟我说,最好的诗人
是城市诗人,于是我填补了
所有的洞,我的母牛
和我一起出走
走入生活

———

我用链子绑住它的角,各种各样的人
向我们招手,他们吓着了我的
母牛,但我们继续前行
目光不再环顾四周,
我们向前走,那
绝不是什么
创作

———
我鞋底上的干粪碎成了细屑,我将
母牛带到大教堂广场,于是人们
说——这不是什么好兆头——
父亲从地底下破土而出,
不是我或牛儿的父亲,
天使飞向我们,这
不是我的创作
———
但现在我就想创作:我们站立着
等待着,直到我成为最好的人,
离开了母牛,我曾爱过
三回,它站立着
等待着
我,
于是一切
都上下颠倒了
———
我站立着等待着

直到它嚼着不会发芽的草，
直到它对这位一样爱着
所有人的父亲
哞哞叫

———

然后我毅然地下定决心：这样无济于事，
我们一同回到自己的土地，
我们绑住了我的父亲，
因为我需要去做的
一切，我必须
在此创作的
一切

———

现在我不想创作：回到
土地上的那些洞里，
回到生活，一切，
但父亲已经
挣脱了
铁链，

天使
在咀嚼
大地,
而我不
知道
将它们
束缚在
哪里

维托塔斯·斯坦库斯（1984— ）

  维托塔斯·斯坦库斯（1984— ），诗人。2009年，他完成了立陶宛教育大学英语语言文学的学习。从2007年起，他开始在文学刊物上发表诗歌，首部诗集《走在冰层的另一面》（2009）获得吉格马斯·盖达马维丘斯-格勒最佳处女作奖。第二部诗集《来自镜子的那边》出版于2014年，并被选为年度诗集。斯坦库斯现居维尔纽斯。

在说再会之前

二〇〇八年七月二十五日

一

老鼠正一路往里啃咬
这意味着夏天即将结束
雨水将手指压在了洞口上

地洞在夜里闪光
但没有人会来串门
即使下雨的时候

早些时候,下过一点雪
但就连雪花也不敢来

只有老鼠一路咬到月亮那里①
不断地抓挠着它:
——妈妈,那边有什么光?

---

① 所以,老鼠的地洞会发光。

——孩子,这个不大好懂:
光和我们一样,并不在那里。

唯有的只是啃咬

二

我希望我们醒来时
静静地对着彼此叹息
下雨时静静地叹息
在床上嬉戏当雨水
冲洗着烧毁的城市
只留下渴望

墙壁在我们头顶紧紧地搂抱

三

我经常记得我们如何

在桥下喝咖啡
你会将那抹光捏在指间

河流弯下了它的背——
就这样断了

四

我们躲在教堂时我看到了
一只天鹅飞过你的头顶
——那是什么，是什么……
——没什么，什么都没有
在这场漫长的死亡中，它美到了极致

下雪了

唯有睡眠只有睡眠
这小小的死亡
在这样的九月天里——
我看不见,但我听见
雪越来越近了

缝合线穿过夜晚
穿过我的梦,一条狗得到看顾
远离我,离我而去
到那个灯和生命
更丰盈的地方——

天神正朝窗户喷射槲果
我们想外头下雪了
于是我们跳起舞来,跳啊,笑啊
忘了自己曾死过
我们抚养孩子,
在雾里培养罂粟,
湿度让我们脸上不起皱纹

仍然，有什么东西缺失了
难以命名，雪

一点不冷，它只是一条大狗
将此间的宁静咬下一口

斯巴达

每天晚上,大约三点,维尔纽斯街上
某个地方,我们站在雨里
他们聚拢起来,开始推搡,

窗户和身体会碎裂,
鲜血会与沥青、人行道相混合,
石头从我们头顶飞过

警察到了,站在一旁,
救护车将会收集倒地的人,
给伤口包扎,收拾残局,

适合战斗的人总会回来……
我们常站在这个绞肉机里——
它会一点点逼近

我们谈论小鱼,
谈论从我们的烟头冒起的缕缕烟雾,
谈论雪中的狐狸,谈论火车

你如何根据火车的喧闹声
预测天气，你如何在小船上
跳摇摆舞，在同一个城市醒来

谈论你如何从某个杯子里
喝茶，在水下呼吸，
但我们大多数时候会谈论

北极的那些小鱼，
落雪；我们会望着彼此，
嘴巴紧闭着，太阳将会升起

闰　年

　　1.
有的时候适合捡石头
有的时候适合扔石头
有的时候适合什么事情都不做

　　2.
（十月二日）

　　3.
有的时候适合睡觉，做奇怪的梦，
比如：黑麦田里一个女人
生下一群乌鸦，哇哇叫

　　4.
或者：一个无脸男爬上
一座山头，唱着什么，

像来自《布兰歌集》①。

5.
或:一位姑娘的发间落满了嗡嗡响的蜜蜂

6.
有的时候适合醒来

7.
(一九八四年十一月七日)

8.
有的时候适合醒来,细听
她怎么呼吸,自己却几乎不动,
几乎不敢呼吸,生怕把她吵醒了

---

① 德国作曲家卡尔·奥尔夫的一部名作,其歌词出自在巴伐利亚州布兰修道院内发现的中世纪手稿。

9.
有的时候适合与她对视,朝她微笑

10.
冬季和夏季有的时候
适合改变时间安排

11.
有的时候适合旅行

12.
(那年十二月,没有下雪)

13.
有的时候适合上火车;适合待在中转
车站,睡在车站里真冷;
适合去公共卫生间,早晨你在那里
刷牙,但认不出来那个
从镜子里回看你的人

14.
铁轨的表面闪耀着亮光，
世界飞驰而过，你心想：
我这是要去哪里？那里有什么
在等待着我？

15.
说实话，没有人会在
你来的地方等你

16.
所有东西都混合了——茶杯里
小勺的叮当声与轨道上的
滚动声，与你心中温柔的
敲门声相重合，你的
邻居打鼾也有了节奏、曲调

17.
你发现自己正在吹口哨，那是你童年

看过的电影里一首歌的片段

18.
那首歌唱了什么?

19.
(一月十九日,下雪)

20.
似乎关于友谊,似乎关于爱情

21.
也许还不是讨论这个的时候

22.
也许吧

23.
那里头有什么东西十分

熟悉,似曾相识,却没有
什么是属于我的。

24.
那部电影演了什么?我似乎记得大海;

大海也在我的梦里,更确切地说——
茫茫大水,因为
每天早上我醒来浑身都湿透了

25.
每天清晨都是醒来的时候

26.
(从二月二十六日到二十九日)

27.
这是有港口的城市,
挂白帆的船只,穿白裙

头发散发香味的女人

28.
这里海水冲刷我的脚,
天上的高穹和水里的深穹
合二为一,不再有
上下之分

29.
我想留下来,但是

30.
我怎么到这里的?我下一步去哪儿?

31.
(我们叫三月出生的人离开)

32.
我醒来了,她问我:

熟悉,似曾相识,却没有
什么是属于我的。

24.
那部电影演了什么?我似乎记得大海;

大海也在我的梦里,更确切地说——
茫茫大水,因为
每天早上我醒来浑身都湿透了

25.
每天清晨都是醒来的时候

26.
(从二月二十六日到二十九日)

27.
这是有港口的城市,
挂白帆的船只,穿白裙

头发散发香味的女人

28.
这里海水冲刷我的脚，
天上的高穹和水里的深穹
合二为一，不再有
上下之分

29.
我想留下来，但是

30.
我怎么到这里的？我下一步去哪儿？

31.
（我们叫三月出生的人离开）

32.
我醒来了，她问我：

你听到我对你说的话了吗?
我告诉她我听到了,尽管
我不明所以;她笑了
(她会在四月离开我)

　　33.
这里的墙很薄,你
可以听到厨房里水滴的声音
隔壁的人如何发牢骚,盒式录放机
如何让磁带缠绕,让它破裂

　　34.
"别垂头丧气,海洋的守卫者,
不管生活是无味还是甜美……"
接下来是怎么唱的?

　　35.
风帆与心的和谐……不,不是那样的

36.
（第十五周，礼拜一）

37.
心脏线路，急颤，杂音，
一只渡鸦挤过心脏的瓣膜

38.
他从哪里来？他是怎么到达那里的？

39.
从五月初起，我得在医院里
待一个月左右的时间，他们给我
拍 X 射线图扫描我，我吞下药片，
睡了很多，读得更多，这个世界
在我的窗外继续运转

40.
有的时候适合问，过得怎么样，

最近好吗,有啥近况,家里人
好吗,孩子好吗,你听过
汤姆·威茨①的新专辑了吗

  41.
十月二日我们将朋友的
父亲送进坟墓里,
扶手很滑溜,
重量很轻,我们都明白
那个盒子装的不是他
而是存在的外壳

  42.
水涨到天空,在云的
血管里流淌

---

① 汤姆·威茨(1949—),美国歌手、音乐家。

43.
思考没有必要——
你掷出色子,
不是色子为你而落,就是色子为你而落①

44.
五点四分,我们有三个人
在火车站八号货车旁,
抽着烟等待那永远不会
出现的四号货车

45.
一切都按计划进行,
旁边长凳上一个女孩子
脱掉她的鞋子,我们看着
流淌的河水,什么也没有

---

① 按理说,后半句应该是"你为色子而落"。诗人可能有意打破读者的阅读期待。

按计划进行

46.
有的时候适合阅读

47.
(从五月四日到四月七日)

48.
如果有三天时间你没有读过
一本书——你的话语
就会飘浮在表面上

49.
如果你把脸转向太阳——
影子将留在身后

50.
如果你晕船——

坐在树底下就够了
晕船的感觉消失了

51.

如果你盯着火光看一会儿——
你的梦会变得苍白

52.

如果她要你
告诉她你的梦,你不记得的那些梦

53.

你该如何回答她?

54.

如果她问你:
你的枕头闻起来是什么气味?

55.
你该如何回答她?

56.
而如果……

57.
(七月十二日,五点七分)

58.
世界在飞转,我在空间中飞跑,
永远待在空间里,一点
不敢动,不敢把她叫醒

59.
水涨到天空,填满了
云的肌肉

60.
气味,暴雨来临前的气味,
树林里的风,窗户
因紧张而颤抖,花朵蜷缩,
很快,很快,很快雨就来了

61.
(从八月六日到……)

62.
闪电烧毁了她的视网膜
闪电烧毁了她的视网膜

63.
───────

64.
四月

65.
保持不动最为要紧

因德尔·瓦伦提奈特（1984— ）

因德尔·瓦伦提奈特（1984— ），诗人。从耶稣会高中毕业后，瓦伦提奈特在维尔纽斯大学和维尔纽斯艺术学院学习艺术管理。她在很多期刊上发表过诗歌，第一本书《钓鱼和百合》出版于2006年。在立陶宛作家协会举办的2006年处女作竞赛的诗歌单元里，这本书为瓦伦提奈特赢得一等奖。第二本书《关于爱和其他动物》（2011）获得2012年约特文基人青年奖。瓦伦提奈特不仅是诗人，还是歌手，曾在多个演唱节上获奖。此外，她还是电视台记者和制片人。

到那时我可能是个瘦老太

> 撕开她的吻和她的恐惧
> 她夜里醒来
> 震惊于让她改变的一切
> ——保罗·艾吕雅①

到二〇五五年,我可能是个瘦小的老太太
我不会在公交车和等候的队伍中占用太多的空间。

在半个世纪里,只有浴室的镜子和医生
会看到我的身体。

能触摸到我的就只有
腋下裂开、
汗水湿透的睡衣。

随后,在我入睡前,
我将忆起我爱人的舌头和唾液的味道,

---

① 保罗·艾吕雅(1895—1952),法国超现实主义诗人。

很久以前想要我的所有男人。

还有——两个人躺在床上时,
床吱吱作响的声音。

考古学家

打赢战争的男人,
蹚过怀疑之河的勇敢的女人——
一堆骨头和奖章在她①的桌子上。

死亡被驯化——她整理"永恒"镶嵌画的碎片
并将历史的灰白头发编成辫子。

疲惫的她将鼻涕擤在毛衣磨破的袖口,
继续熨烫"非存在"这件舞蹈长裙。

维尔纽斯大学的历史系
那位曾爬上荣誉之阶的"过去"的侍女

早上上班途中经过欧罗巴酒店时
心里无动于衷——

在酒店里她曾打开双腿的大门
低声叫着一个如今已被忘记的情人的名字。

---

① 指考古学家。

十字架

我父母床头上方的十字架,
我父母的父母床头上方的十字架。

我的小土墩之间的十字架
在初领圣体日。

我默记了"十诫",
但见到琳娜·D更漂亮的裙子时,
仍无法抑制内心的嫉妒。

我像背诗一样背诵祷词,
承认我所有的罪过,
相信我不会再犯罪了。

那年我十一岁。

蜗牛壳

从我离开你的那一刻起,
我像蜗牛一样沿着地面滑行,
它黏糊糊的身体上仍然粘着
蜗牛壳的碎片。

在我身后,留下不偏不倚的黏液的痕迹。

世上有百万家酒店——冰砌、象牙雕、岩盐垒的——
浸泡在外国语言、面孔、习惯中——
可以打开它们的大门,收容我。

我愿回到那个地方:二十年前,我在那里刺中已死的水母,
它有着水的颜色和云的清澈。
在那片海滩上,我还没穿上比基尼上衣。

我的手指刺穿了它无定形的身体——
橡皮泥一样的身体。

返回意味着"重新开始一切",

从第一句话开始,从脚指甲开始
将自己黏合。

就在我心脏曾经所处的地方——一块尖锐的玻璃碎片,
肌肉会在上头慢慢编织它的花瓣……

直到随着每次脉搏的跳动,疼痛慢慢减轻,
我不那么常想起罪过、源头,还有我的母语。

斯图亚特*

一罐硬糖——
盖子被丝绸和金箔遮住,
一串珍珠浮现眼前——
办公室窗台上满是灰尘。

一位同事优雅地弹着手上的香烟——
盘算着今天怎么成为迷人的金发女郎。

我试图想象她的小脑袋在王室
宴会厅里沿着马赛克地板
滚动时的模样。

仿佛那是从吃得太饱的笨拙孩子
手里滑落的一只苹果。

---

* 很可能是一种糖果的品牌。此外,在英语里,"Stewart"和"Stuart"同音不同形,后者也可以指英国历史上的一个王室。也许这是诗人提到"王室宴会厅"的原因之一。

奥斯拉·卡兹琉奈特（1987— ）

奥斯拉·卡兹琉奈特（1987— ），诗人，曾从立陶宛教育大学获得历史学士学位和宗教研究硕士学位，目前正在维尔纽斯大学攻读哲学博士学位。卡兹琉奈特已经出版两部诗集，即《第一本立陶宛书》（2007）和《20%集中营》（2009）；前者获得艾莉娜·麦兹吉奈特奖。第三本书《月亮是一颗小药丸》出版于2014年。卡兹琉奈特是立陶宛作家协会最年轻的成员之一。她在维尔纽斯大学教授美学，现居维尔纽斯。

冰 钓

你坐
在公交车站——
行人
匆匆而过,
小车奔驰,

一个巨钩
悬在空中
用过往的一切
做诱饵

一辆接一辆
小车咬钩

巨大的血珠
从它们的下颚淌下
并
滴落在
金色的小矮林上

最暗的黑夜
在那里伺机等待
树木
被风触动
奏出乐音
乐声里没有诅咒

而后

它们①踢蹬喘气——
就像已经吞噬
你的
今早的晨光

---

① 指前面提到的咬钩的车子。

弥诺陶洛斯的假日

在风景里一个女人
平静地沉溺

救生员在呼应着
彼此的呼喊

注意了!
一个女人沉溺在风景里了

突然间
你跌倒在天神身上
割伤了自己

细长条的云
平静地飘游在天空中
似乎什么都没
发生过

似乎

巨型的海狸
并不曾啃咬
世界之树
或者弥诺陶洛斯如今漫游
在我们的血管中
或者
悲伤这条鱼
并不曾打算吞饮
一切
那些无用的小鱼

它们的河流
映出
我们头顶令人沉溺的
细长条的云
云里的风景
映出一个裸体女人——

你可以一匙一匙

或一把一把地
舀出
她的眼睛
她的鼻子
乳房
或肩膀

而那女人没有任何
感觉

无鸟的夜晚

只是一片湖
两条赤裸的
美人鱼爱抚着
她们白大理石般的身体
夜色
倾倒在岸边

我坐在一张结实的
床上
脚在外头晃着
捕捉
窗外
枝叶成熟的
清晨
沙沙作响

一条受惊的美人鱼
甩着尾巴撤离
几滴夜色

溅到我的墙上

我坐着注视
她如何潜得
越来越深
潜入自身

仿佛她想要
挖掘梦的小海湾

天亮了

月亮是一颗小药丸

月亮是一颗小药丸
中间有
一条槽痕①

愤怒是一颗小药丸
中间有
一条槽痕

明达加斯桥②是一颗小药丸
中间有
一条槽痕

夏天是一颗小药丸
中间有
一条槽痕

---

① 制药厂常会在需要半片服用的药片上刻槽痕,便于病人掰开。在此诗里,槽痕是暴力的象征。
② 维尔纽斯的一座桥,横跨涅里斯河。

夺去了
五十万儿童生命的
非洲的干旱
是一颗小药丸
中间有
一条槽痕

心爱的女人是一颗小药丸
中间有
一条槽痕

袭击抗议者的狗的警察
是一颗小药丸
中间有
一条槽痕

在公共汽车上让座的行为
是一颗小药丸
中间有

一条槽痕

因欣喜而欢歌
埋藏自我的行为
是一颗小药丸
中间有
一条槽痕

沉默是一颗小药丸
中间有
一条槽痕

醉酒的时刻
位于凹槽中
喋喋不休

永远不要问
是谁刻了这条槽痕
是谁为我们挖了这一天

是谁将一只抽搐的鸟钉在
它的牙齿上
敲破它①

吞下一半
至于另一半——
用双手扒开鸟的眼睑
把它塞入并合上

于是你终于
看到——

滴滴鲜血
汇成一条条
淌下白日的牙齿

---

① 此处指代药片。

信号灯

躺在做梦人的脑袋里
在所有遗忘与记忆的内脏里
被彻底消化并消化着他物
你突然翻了个身
于是你有可能醒来
在做梦人梦见的梦境里
当小镇的刽子手砍下破晓的头颅时
你用磨利的不安之刃来武装自己。

你跳跃着像夏日的微风
像无边无尽的自由
就像沙漠的胡狼一样嗅着胜利的腐肉
将你与刽子手的脖子分开

又一个瞬间
——

冷天
一盏红灯

在远处眨眼——
警报响起
回荡在邻家房子的空地上

你抬起眼睛
望见整个天空
满是类似的灯光和不安——
不会眨眼但会燃烧的星星

那
是警报
很早以前
就开始在上头响起

比我们存在的时间更早
比我们用语言宣称——
有人正在窃取天空
有人窃取了
天空——更早

拉姆尼·布伦扎伊提（1988—　）

　　拉姆尼·布伦扎伊提（1988—　），诗人、译者。2005年她在周刊《文学艺术》上发表自己的诗歌处女作。布伦扎伊提曾从维尔纽斯大学获得立陶宛语言文学和意大利语学士学位，目前正在攻读文学媒介的硕士学位，致力于将意大利语诗歌译成其他语言。布伦扎伊提已经出版一部诗集《君主，我的朋友》（2013），获得德拉斯基宁凯诗歌之秋约特文基人青年奖；这部诗集以维尔纽斯城为主题，获得维尔纽斯市长奖。布伦扎伊提的诗歌被译成拉脱维亚语和英语。

在西多会修士身旁

——给奥尔加

长草穿过双手,
飞机穿透肩胛骨,
众主之主①

我俩静坐,包围
我们的是

墓碑,像苦行僧
交叉的双臂
罩在西多会修士的
天空之袍底下

公爵夫人,去佩图什基②远吗?
在河流那边,在波罗茨克街③尾

---

① 原文可能指耶和华。
② 俄国弗拉基米尔州佩图辛斯基地区的一座城市,也是该区的行政中心。联系下文来看,"佩图什基"也可能指维尔纽斯的一处景点。
③ 维尔纽斯的一条街道。

靠着圣安妮教堂①，靠着它的哥特式骷髅
和所有那些圣徒

就这么远了！
或者饮下灼热的几杯

某处，一团篝火②，
在托架里——
我们的历史
溜走
像叶片上的蜗牛
留下一条黏液，
一条河

蜗牛是一支画笔
蜗牛是一支钢笔

---

① 位于维尔纽斯旧城，是一座罗马天主教的教堂（哥特式风格），立陶宛首都的地标建筑。圣安妮教堂旁边有一座西多会教堂和一座西多会修道院。
② 立陶宛人点篝火庆祝圣约翰节。

慢慢地，慢慢地——
一字一字，一笔一笔，
被风吹落的果实，栗树融化的蜡——
维尔纽斯的编年史，不断前进，后退，
勾勒出了我们历史那一长条黏液

U 城

下午，U 城沉入午睡，
困倦紧粘着广大市民，
下垂的沉重脑袋，街头的声息
就只有沙沙微响，少有铃声大作

U 城——马蹄铁状的山脉环绕在它的肩上
像夜晚扫过街道的
镰刀形的月亮，
每天早上，U 城的外表
再次重整，为了图画书和公路地图，
为了寄回家的明信片

阿尔卑斯山因炎热晕厥，
如雪白丝绸般的山峰
在夜晚降临
新生儿将其当作牛奶来饮用，
他们学到的第一个声音是"U"，
这里孩子不会哭，而是咕咕叫

满城的猫头鹰，U 城飞起
像阿拉丁的魔毯，穿过夜里
合闭的百叶窗四处蔓延
用含羞草、木兰、杜鹃花之网
密密地织成……U 城——
一把弓悬在亚得里亚海，被隔开的大海上方①

---

① 亚得里亚海为地中海的一部分，被意大利半岛隔开。

鳞翅目昆虫的坟墓

飞蛾,王者
朋友

我们的日子只比你们
略长一点

我们消失在蠕虫里
而你们正是从那里开始

展露
就像花朵从悲伤中展露

在迷你花束中——
如同镰刀翼的枯叶蛾,
如同腹部毛茸茸的蜉蝣,
如同大黄蜂的火焰

在我的肚里振翅
用美味的话语,华丽的形式,

直到你们痛苦地枯萎——

我的手掌
是王者
被侍从官
从哈迪斯的王国
领回家中

对她——
低声私语
以各种语言
通过被封住的唇
被咬的舌头

普罗塞皮弩斯·普罗塞皮娜①

---

① 原文为拉丁文,即青波翅天蛾。"普罗塞皮娜"又可以指冥后,与前面的短语"哈迪斯的王国"产生语意关联。冥后与哈迪斯一样,也可以被视为"君主"。

梦游的斯芬克司①,
天蛾——
一个有翅的女人
长着狮子的利爪

---

① 可以指古希腊神话中狮身、有翅、女面的怪物,也可以指"斯芬克司蛾",又称天蛾。

诗歌阅读

观察我的侧影
(鼻子似乎总是太大了)
咳出一群诗歌①
在编辑的院子里,
有的坐着,有的站着,清嗓子,
感受着六月渐暖的风爱抚
它们颈上的小绒毛,
闻着烟草味,树木开花的香味

白蜡树——那就是这棵树的叫法,
绝对是白蜡树——我的侧影点了点头

我的目光掠过自己的肩膀
看见蚂蚁们正在树叶间急奔
却显得茫然无知,此时它们
看起来不像是黑色的
而是红色的——会咬人的蚂蚁,

---

① 这些"诗歌"是"我的"分身。

我感到疼痛，被我那些共谋的诗篇蜇了一下

或者说，那感觉就像你的手掌
抬离我颈上的绒毛后，准备
伸向最后一根，做出最后一击，
就这样——扯动那根生命之发

紫　藤

第一要务是命名，
找出我们所说的
那些紫罗兰色花朵的
叫法

然后坐在一家小咖啡馆
那些花朵缠绕的凉亭
挡去了地中海的阳光

将一只茶杯放在书页上
我的钢笔
弄洒了咖啡
将一辆用过的
五十欧元的
自行车
斜靠在围栏上

在我最喜欢的地方
罗马人铺成的

圣贾科莫广场①
让我的舌头
舔上那正在融化的
意式冰淇淋

礼拜日爬上城堡山
让我眺望群山的目光锐利如刀，
看着底下被雾气笼罩的街道，
想象千里之外
我的城市

数百个礼拜以后
坐在冰冻的东欧
大礼堂
阅读邓南遮②
我想起了这种花朵

---

① 即意大利乌迪内市的圣贾科莫广场。
② 加布里埃尔·邓南遮（1863—1938），意大利诗人、记者、小说家。

"蓝色东欧"译丛（部分书目）

第一辑

- **《石头城纪事》**（小说）
  【阿尔巴尼亚】伊斯梅尔·卡达莱 著　李玉民 译

- **《错宴》**（小说）
  【阿尔巴尼亚】伊斯梅尔·卡达莱 著　余中先 译

- **《谁带回了杜伦迪娜》**（小说）
  【阿尔巴尼亚】伊斯梅尔·卡达莱 著　邹琰 译

- **《石头世界》**（小说）
  【波兰】塔杜施·博罗夫斯基 著　杨德友 译

- **《权力之图的绘制者》**（小说）
  【罗马尼亚】加布里埃尔·基富 著　林亭、周关超 译

- **《罗马尼亚当代抒情诗选》**（诗歌）
  【罗马尼亚】卢齐安·布拉加等 著　高兴 译

第 二 辑

- 《我的疯狂世纪(第一部)》（传记）
  【捷克】伊凡·克里玛 著　刘宏 译

- 《我的疯狂世纪(第二部)》（传记）
  【捷克】伊凡·克里玛 著　袁观 译

- 《我的金饭碗》（小说）
  【捷克】伊凡·克里玛 著　刘星灿 译

- 《一日情人》（小说）
  【捷克】伊凡·克里玛 著　高兴、杜常婧 译

- 《终极亲密》（小说）
  【捷克】伊凡·克里玛 著　徐伟珠 译

- 《等待黑暗，等待光明》（小说）
  【捷克】伊凡·克里玛 著　杜常婧 译

- 《没有圣人，没有天使》（小说）
  【捷克】伊凡·克里玛 著　朱力安 译

- 《花园里的野蛮人》（散文）
  【波兰】兹比格涅夫·赫贝特 著　张振辉 译

- 《带马嚼子的静物画》（散文）
  【波兰】兹比格涅夫·赫贝特 著　易丽君 译

- 《海上迷宫》（散文）
  【波兰】兹比格涅夫·赫贝特 著　赵刚 译

- 《父辈书》（小说）
  【匈牙利】瓦莫什·米克罗什 著　许健 译

第三辑

- **《乌尔罗地》**（散文）
  【波兰】切斯瓦夫·米沃什 著　韩新忠、闫文驰 译

- **《路边狗》**（散文）
  【波兰】切斯瓦夫·米沃什 著　赵玮婷 译

- **《第二空间——米沃什诗选》**（诗歌）
  【波兰】切斯瓦夫·米沃什 著　周伟驰 译

- **《无止境——扎加耶夫斯基诗选》**（诗歌）
  【波兰】亚当·扎加耶夫斯基 著　李以亮 译

- **《捍卫热情》**（散文）
  【波兰】亚当·扎加耶夫斯基 著　李以亮 译

- **《索拉里斯星》**（小说）
  【波兰】斯塔尼斯瓦夫·莱姆 著　赵刚 译

- **《遗忘的梦境——查特·盖佐短篇小说精选》**（小说）
  【匈牙利】查特·盖佐 著　舒荪乐 译

- **《流星——卡雷尔·恰佩克哲理小说三部曲》**（小说）
  【捷克】卡雷尔·恰佩克 著　舒荪乐、蒋文惠、程淑娟 译

- **《神殿的基石——布拉加箴言录》**（箴言）
  【罗马尼亚】卢齐安·布拉加 著　陆象淦 译

- **《十亿个流浪汉，或者虚无——托马斯·萨拉蒙诗选》**（诗歌）
  【斯洛文尼亚】托马斯·萨拉蒙 著　高兴 译

第四辑

- 《耻辱龛》（小说）
  【阿尔巴尼亚】伊斯梅尔·卡达莱 著　吴天楚 译

- 《三孔桥》（小说）
  【阿尔巴尼亚】伊斯梅尔·卡达莱 著　施雪莹 译

- 《接班人》（小说）
  【阿尔巴尼亚】伊斯梅尔·卡达莱 著　李玉民 译

- 《绝对恐惧：致杜卞卡》（小说）
  【捷克】博胡米尔·赫拉巴尔 著　李晖 译

- 《严密监视的列车》（小说）
  【捷克】博胡米尔·赫拉巴尔 著　徐伟珠 译

- 《雪绒花的庆典》（小说）
  【捷克】博胡米尔·赫拉巴尔 著　徐伟珠 译

- 《温柔的野蛮人》（小说）
  【捷克】博胡米尔·赫拉巴尔 著　彭小航 译

- 《无常的夏天》（小说）
  【捷克】弗拉迪斯拉夫·万楚拉 著　张陟 译

- 《赫贝特诗集（上、下）》（诗歌）
  【波兰】兹比格涅夫·赫贝特 著　赵刚 译

- 《垃圾日》（小说）
  【匈牙利】马利亚什·贝拉 著　余泽民 译

第 五 辑

- 《壁画》（小说）
  【匈牙利】萨博·玛格达 著　舒荪乐 译

- 《鹿》（小说）
  【匈牙利】萨博·玛格达 著　余泽民 译

- 《两座城市：论流亡、历史和想象力》（散文）
  【波兰】亚当·扎加耶夫斯基 著　李以亮 译

- 《另一种美》（散文）
  【波兰】亚当·扎加耶夫斯基 著　李以亮 译

- 《思想的黄昏》（随笔）
  【罗马尼亚】埃米尔·齐奥朗 著　陆象淦 译

- 《着魔的指南》（随笔）
  【罗马尼亚】埃米尔·齐奥朗 著　陆象淦 译

- 《乌村幻影》（小说）
  【罗马尼亚】欧金·乌力卡罗 著　陆象淦 译

- 《裸浴场上的交响音乐会——罗马尼亚 20 世纪小说精选》（小说）
  【罗马尼亚】诺曼·马内阿等 著　高兴等 译

- 《我行走在你身体的荒漠——立陶宛新生代诗选》（诗歌）
  【立陶宛】阿纳斯·艾利索思卡斯等 著　叶丽贤 译

- 《魔鬼作坊》（小说）
  【捷克】雅辛·托波尔 著　李晖 译

第 六 辑

- 《简短，但完整的故事》（小说）
  【波兰】斯瓦沃米尔·姆罗热克 著　茅银辉、方晨 译

- 《三个较长的故事》（小说）
  【波兰】斯瓦沃米尔·姆罗热克 著　茅银辉、林歆、张慧玲 译

- 《挑衅以及其他故事》（小说）
  【阿尔巴尼亚】伊斯梅尔·卡达莱 著　李焰明 译

- 《娃娃》（小说）
  【阿尔巴尼亚】伊斯梅尔·卡达莱 著　张雯琴、宋学智 译

- 《天堂超市》（小说）
  【匈牙利】马利亚什·贝拉 著　余泽民 译

- 《秘密生活》（小说）
  【匈牙利】马利亚什·贝拉 著　余泽民 译

- 《蓝色阁楼寻梦》（小说）
  【罗马尼亚】阿德里亚娜·毕特尔 著　陆象淦 译

- 《两天的世界》（小说）
  【罗马尼亚】乔治·伯勒伊泽 著　董希骁、Mara Arion 译

- 《生活边缘的女孩》（小说）
  【罗马尼亚】米尔恰·格尔特雷斯库 著
  张志鹏、林慧芬、陈进、李昕 译

- 《希特勒金钱》（小说）
  【捷克】拉德卡·德内玛尔科娃 著　姜蔚茜 译

· 部分书名为暂定，以出版时为准 ·